Karin Voigt
Eisenherz erwache

Karin Voigt
Eisenherz erwache
Novelle

Strasser Verlag

Sie flüchten in ein erobertes Land
und bald es unerträglich finden,
denn man kann sich nirgendhin
flüchten.

Franz Kafka (Tagebücher 1910 – 1923)

I

Er sitzt an der Ecke des langen Holztisches. Seine angewinkelten Arme wirken breit und von ausdauernder Behäbigkeit.

1.

Als er die Hände hebt, um sich eine Zigarette anzuzünden, merkt sie, wie sie zittern. Sein ganzer Körper scheint zu vibrieren. Erstaunen in ihr. Erbarmen.
Angst vor ihr? Unsinn. Sie ist freundlich lachend auf ihn zugekommen. Wann hatten sie sich das letzte Mal gesehen? Vor Monaten? Vor Jahren?
Annas Fragen zählen nicht mehr, sind erloschen. Automatisch gibt sie ihm über den Tisch hinweg die Hand, automatisch fragt sie ihn:
»Wie geht es Dir?«
Das war nicht die Frage, die sie stellen wollte, nicht die Frage seiner Erwartung. Falsch angesetzte Wörter, Lügen.
Sie hätte schweigen sollen, im Schweigen verharren, sich neben ihn setzen können, ohne zu sprechen. Das wäre ehrlicher gewesen.
Er hätte auch nicht gefragt. Ihn interessieren nur die Fragen seiner Phantasie. Für ihn war sie nie eine lebende Frau gewesen, nur eine Frau seiner Traumwelt. Nur selten hatte er früher eine Frage ausgestoßen, von weit hergeholt, so, als würde er die Töne seiner Musik in sich hochkommen lassen, sie heranholen aus einer mit Müll zugeschütteten Landschaft.
Verlorenheit, in geschlossenen Mündern, entgleitend wie ein Seidenschal, einfach zu Boden fallend.
Sie setzt ihren Fuß auf zarte Seide, benutzte Seide, geht weiter in den nächsten Raum von Zeit.

Was soll sie ihn fragen? Höflichkeitsfloskeln. »Was machst Du?«

»Ich komponiere, besser ich möchte komponieren, ich weiß nicht. Und Du, Anna?«

»Ich singe Friedenslieder, oder ich möchte sie singen. Ich weiß auch nicht«, spottet Anna.

»Was machst Du nun wirklich, Anna?«

»Willst Du das wirklich wissen? Es war Dir doch immer gleichgültig gewesen«, Anna sagt das ohne Vorwurf.

Er sieht sie an, sieht nicht durch sie hindurch, ist neugierig auf Anna, stellt fest: Sie hat sich verändert. Ja, sie hat sich verändert.

Und ich? Meine Sicht, meine Sinne, meine Gedanken? Verändert?

Nein. Ich habe mich nicht verändert. Nie habe ich mich gefühlt, fühle mich auch jetzt nicht, möchte mich nicht fühlen. Und Anna stellt die Frage nicht: Wer bist Du heute, Johannes?

Dieser Johannes ist der gleiche Johannes, aber für Anna doch ein anderer Johannes, ein Fremder. Ein abgeerntetes Feld, auf das die Raben stürzen. Krächzender schwarzer Vogelschwarm mit dem Schrei der Gier und des Todes. Tödliche Jahreszeit. Ein weites Feld mit zuckrigem Rauhreif.

Gelassenheit, sanfte Wärme in Annas Kreislauf. Sie sieht alles ganz einfach, entrückt ist die Anna aus einer Vergangenheit mit Johannes.

2.

Johannes rückt sich auf der besetzten Bank zurecht, will ihr Platz machen, ihr nahe sein, schubst Roland, den vor Geist sprühenden bebrillten Intellektuellen zur Seite.

Anna setzt sich nicht: »Ich hole mir einen Stuhl.« Johannes zuckt zusammen, hält sein leeres Glas fest umklammert.

8

Nur keine Konfrontation, denkt Anna. Dieser Johannes geht sie nichts mehr an. Starr und blutlos steht er auf dem Feld ihrer Erinnerung, ist eine Schachbrettfigur, die erst in der Hand des Spielers zu Leben erweckt wird. Annas verrückte Sicht.

Anna lacht in seinen traurigen Blick, in seine zitternden Hände hinein, würde sich für Sekunden gerne als Papierschiffchen sanft auf seine Finger, seine rote Nase setzen. Er würde um sich schlagen. Er hat Alkohol im Blut. Weinschorle sprudelt, Bierblasen platzen, Weinreste in Gläsern werden schal. Bier- und Weininseln zerlaufen auf dem Tisch, setzen sich in Ritzen ab.

Immer wieder suchen Johannes zitternde Hände Halt am leeren Glas.

Anna hört Glas knirschen, splittern, sieht kleine Blutstropfen in die Weininseln fallen.

Johannes verzieht keine Miene. Seine Starre, denkt Anna, seine äußere Gleichgültigkeit. Unbehauener Marmorblock. Sich ausbreitende Röte im flächigen Gesicht mit den unausgeprägten Zügen.

Anna stellt ihre Panzerung fest, diese fremde Hülle engt sie ein. Sie muß sprechen, wiederholt sich.

»Dir geht es also gut.«

»Ja, ausgezeichnet. Dir auch, nicht wahr? Du warst im Ausland?«

»Ja, ich bin es noch, komme hier nicht mehr an.«

Wie er von sich ablenkt. Ich sollte aufstehen und gehen.

»Ja, Anna, ich verstehe.«

Er und verstehen, nichts versteht er, überhaupt nichts. Anna legt sich Flügel an, fliegt davon, erwartet keine weiteren Fragen, will keine Antworten geben, blickt sich nur im Kreis um.

Sie kleben alle fest, können sich nicht abheben von der roten Erde. Flügellahm.

Johannes ist voller Fragen. Sie bleiben in ihm stecken. Sein

Mund steht offen, eine dunkle Höhle, ein Schlund wie mit einem Meißel ausgeschlagen.

Er bemerkt ihren leicht ironischen Ausdruck, rückt sein leeres Glas hin und her, während Anna ihr Glas an die Lippen hebt, den Wein genüßlich kaut, ihn schluckt, die Säure kostet, das Glas abstellt, aufhebt, zu Johannes schaut, wortlos bleibt.

3.

Anna wird nicht nur von Johannes beobachtet.

Die Augen in sich verengenden Augenlidern seiner Frau Rosalinde werfen ihm und ihr ermahnende Blicke zu, blitzen dann auf gegen Roland, den anzumachen sie sich bemüht.

Rosalindes breites Gesäß kreiselt geräuschvoll auf der rohen Holzbank. Sie zeigt ihnen die kalte Schulter, spricht mit lautem Getöse zu Roland, der sich bereitwillig jeder Frau austeilt.

Anna registriert die Abneigung, nimmt sie nicht an. Ihr tut Rosalinde ebenfalls leid, sie möchte ihr zurufen: Keine Angst auf Deiner rutschigen, versenkbaren Bühne.

Anna ist ohne Applaus längst weitergegangen, blicke auch Du ihr nicht nach, stelle ihr keine Fragen, was sie von Johannes hält. Sonst sagt sie eine Zukunft voraus, blättert Bilderbücher für ängstliche Kinder auf, die Du nie lesen würdest!

Johannes spricht mit gesenktem Kopf. »Ich hole mir neuen Wein, entschuldigt bitte!«

Anna, die im Stehen trinkt, läßt sich von seinem Atem berühren, seinem Arm. Sekundenberührung. Für Rosalinde zu lange Sekunden.

»Steh nicht rum, hol schon was zu Trinken!«Sie schiebt ihm ihr Glas über den Tisch, es fällt, es torkelt.

Anna ist schneller als Johannes. Ihre Hände begegnen sich,

zucken auseinander. Immer noch mit gesenktem Kopf schlurft Johannes an die Theke.

Anna sieht einen Kinderkopf, hört seine Mutter sagen: Klotz, ungehobelter Klotz!

Anna sieht die ungeweinten, heruntergeschluckten Kindertränen, Eimer und Tröge angefüllt, Bäche, einen Teich, ein Meer. Eisschollen, Eisberge in einem Kinderleib, in einem Knabenkörper, in einem älter werdenden jungen Mann. Johannes will nicht weinen, will sein gefrorenes Meer nicht auftauen. Anna fröstelt, zieht die Schultern zusammen, dehnt sich, will tief durchatmen, geht endlich an den Nebentisch und holt sich einen Stuhl.

4.

Johannes dreht sich um, fühlt sich von Anna beobachtet, kontrolliert von Rosalinde. Er klemmt sich ein. Sein breiter Nacken mit den feinen Härchen bildet sich zum abgeschlagenen Baumstamm. Angestrahlt vom Licht der Theke, zeigt er Jahresringe, kein tropfendes Harz.

An der Theke trinkt er ein Glas mit einem Zuge leer, bringt vorsichtig das gefüllte Glas zu Rosalinde, stellt es wortlos vor sie hin, geht mit gesenktem Kopf zurück, balanciert sein neugefülltes Glas Wein zum Tisch, verschüttet beim Absetzen und murmelt: »Entschuldigung!

»Johannes, das ist ein Holztisch. Er trocknet schnell. Ich strafe Dich nicht. Was soll diese Demutshaltung?«

Ein Reflex in Anna, ihn sanft, wie ihre scheue Katze, zu berühren. Anfangs war sie an ihren Beinen entlanggestreift, hat das Spiel von Annäherung und Abwehr gespielt, bis sich die Angst eines Tages auflöste, sie von Annas Zuneigung überzeugt war.

Anna denkt: Immer noch kannst Du Deine Angst nicht in Vertrauen auflösen, kannst Dich nicht preisgeben.

Anna sieht Dolmen auf flachen Feldern. In allen Größen

stehen sie seit Jahrhunderten dort. Johannes stellt sie dazu. Verzauberte Prinzensöhne, süchtig nach Bewunderung, süchtig nach Liebe.

In einem anderen Tonfall fragt sie um des Fragens willen: »Geht es Dir wirklich gut? Bist Du ein glücklicher Ehemann? Du trinkst mehr als früher, Du hast keine Tränen. Auch Dein Lachen ist versiegt.«

»Anna, provoziere mich nicht!«

»Johannes, ich bin ohne Spott, bin kein toter Vogel unter Maschendraht. Ich trage kein weißes Gefieder, bin nicht kuschelig und weich wie Eure Stofftiere in den Ecken Eurer Sofas.«

»Woher weißt Du?«

»Wieviele Hündchen führst Du spazieren? Wie oft schleppst Du das ganze Futter an? Wie oft stehst Du am Herd? Und wie oft sitzt Du an Deinem Klavier? - Antworte nicht, Johannes. Es geht mich nichts an. Ich habe kein Recht, Dir diese Fragen zu stellen. Ich will es auch nicht wissen. Nichts will ich wissen.«

Johannes spuckt den Wein auf den Tisch, in die fettigen Haarsträhnen, in die eine Gesichtshälfte von Rosalinde. Rosalindes Wangenknochen malmen vor Wut. Sie wischt die Spritzer fort: »Er ist ein Tölpel, nicht wahr?«

Rolands Verlegenheit sonnt sich in seinem wie mit einem Knopfdruck angeschalteten Lachen.

»Hast Du ihn gereizt, Anna, ihm Aufregendes versprochen? Weshalb dieser Brechreiz?«

Rosalinde antwortet für Anna: »Er erbricht sich immer, wenn er mit etwas nicht klarkommt. Mir wird dann auch speiübel.« Sie sieht dabei Roland an, nicht Johannes.

Anna ist voller Staunen und hilflos wie Johannes. Und Roland sieht sie erwartungsvoll an, will ihre Antwort hören.

»Roland, was nützen Fragen und ihre Antworten. Ich verspreche nie etwas, denn ich würde es nicht halten. Ihr seid beide unfair.«

»Dieses Schwein. Steh' ihm nur bei. Er kann sich einfach nicht benehmen. Das hat er zu Hause nicht gelernt.« Der Giftstrahl schießt durch die Kanüle in die Venen von Johannes, in sein Blut. Er sackt in sich zusammen. Es geht mir ausgezeichnet, hat er Anna erzählt. Nun schämt er sich für Rosalinde vor Anna.

Anna trägt ihren Panzer würdevoll und kann freundlich zu Rosalinde sagen: »Verletze ihn nicht. Er ist schon so verletzt. Bemerkst Du nicht, wie er ausblutet? Du würdest ihn heilen, dachte ich. Das war meine Hoffnung. Rosalinde, Du kannst grausam sein, nicht wahr?«

»Misch Dich da nicht ein, Anna! Das ist meine Sache. Ich lebe mit ihm zusammen. Ich weiß, was er braucht. Er will bestraft werden. Bin ich nachsichtig, schreit er mich an. Spare Dir Dein Mitleid, Anna! Du ahnst nicht ...« Sie stützt ihre wuchtigen Arme energisch auf das Holz, die Rinnen der Ellbogen kräuseln sich. »Laß es Dir von ihm erzählen, wie er bestraft werden will.«

Johannes bleibt stumm. Diese Stummheit läßt Anna erstarren. Früher wäre sie wütend geworden. Aber das war einmal. Sie will sich nicht mehr für ihn engagieren.

Johannes schleicht mit seinen Blicken die Kerben des Holzes entlang, sieht weder Anna, noch Rosalinde an, wirkt wie abgetreten.

Die anderen reden lautstark, beachten nicht den einsetzenden Winter an ihrem Tisch. Für sie ist Spätsommer, beginnender Herbst. Die Zeit der Ernte. Ihre Gelüste nach neuem Wein, nach Schwartenmagen, Leberknödel und Rippchen mit Senf, nach frischem Krustenbrot sind nicht zu unterdrücken. Sie essen ausgiebig. Die Schalen und Kerne der Trauben spucken sie auf das Pflaster des Hofes. Rosalinde sagt nicht: Schweine! Alle spucken um die Wette, bis hin zum geschlossenen Scheunentor. Wer wird der Erste sein? Wann wird sich das Tor öffnen? Für wen?

5.

Unbeteiligter Johannes. Seine Finger werden zu aufgescheuchten Tierchen, huschen voran, ziehen sich zusammen, klopfen rhythmisch auf den Tisch, holen ein Taschentuch aus der aufgerissenen Hosentasche, wischen feuchte Lippen und den Schweiß auf der kaum gewölbten Stirn weg, krampfen sich unter dem Tisch zusammen, als hätte er Angst, die Finger würden sich absetzen, auffliegen, zuschlagen, draufschlagen, zusammenschlagen die Worte, das Lachen, Rosalinde, Anna, alle.

Frieden in sich nicht finden. Friedensversammlungen. Wie lange will er schon hingehen, mitmachen. Rosalinde wirft alle Einladungen an ihn in den Papierkorb.

Diese Verhinderungen, Anklammerungen, seit er nicht mehr alleine ist, nicht mehr alleine seine Entscheidungen treffen kann, sich immer ausschließlicher von Rosalinde leben läßt. Solange er zurückdenken kann, wird er von Frauen bestimmt. Mit diesen Frauenköpfen Fangeball spielen, sie über Kegelbahnen rollen lassen, alle Neune umwerfen. Sieger sein, einmal Sieger über eine Frau sein dürfen. Eines Tages würde er es schaffen, eines Tages. Wann?

Johannes fühlt sich wie Jesus am Kreuz. Er ahnt, Anna wird nicht Maria Magdalena für ihn spielen. Rosalinde hat diese Rolle nicht eingeübt, sie nie einkalkuliert. Sie wird, wie seine Mutter, über ihn verfügen, ihn weiterhin strafen, ihm seine Komponistenträume auspeitschen. Er hat einen normalen Beruf zu absolvieren, sein Geld abzuliefern. Rosalinde hält ihn an der Leine, gibt ihm ein Taschengeld. Sie ist lebenstüchtig, hat ihren Plan. Sie will hart sein und stark. Sie ist stark, sonst hätte sie nicht ihre Männer triumphierend überlebt.

Johannes gelingt es nicht, Annas Zigarette anzuzünden, das zehnte Streichholz erlischt. Anna hält ihm die zitternde Hand, bis er es schafft.

14

Roland greift nach Rosalinde, Rosalinde greift nach Roland. Sie beißen sich ineinander fest. Rosalinde wirft einen prüfenden Blick zu Johannes hin.

Welttheater. Tragödie. Komödie. Wieviele Vorhänge wird es geben?

Anna kann Johannes zuckende Mundwinkel nicht mehr ertragen, wehrt sich gegen die aufkommende Spannung zwischen ihm und Rosalinde, will nicht Zeuge dieses zerstörerischen Kampfes sein. Erotisches Knisterfeuer. Einlenken möchte sie, nicht einbezogen werden in diese Gespanntheit. Heftpflaster möchte sie austeilen und wehrt sich gegen die Rolle einer Samariterin.

Keine aufkommende Abendsonne, kein verhangener Mond, keine Stille mildert die Bösartigkeit, von der Anna sich umklammert fühlt.

Eine gestaltlose Nacht würde hereinbrechen.

»Wie ist die Landschaft, wie das Meer am Atlantik?«

Sie muß weiterfragen, irgend etwas fragen.

»Habt Ihr die Gezeiten auf den Warntafeln abgelesen?«

Annas Fragen kommen wie aufschlagende Steine auf den Grund an, fallen in leere oder in überschwappende Brunnen. »Es gab Gezeiten. Ein mit kleinen Fältchen versehenes Bettuch war der Strand ... Das flache Meer, in das ich gehen konnte, immer weiter ging und ging, zu denken vergaß. Es zog mich zu den schwarzen Leibern der Schiffe. Bist Du schon einmal auf welligem Sand gelaufen, auf Muscheln getreten, Anna? Hast Du je diesen schneidenden Schmerz gespürt?«

»Ja, Johannes. Verdünntes Blut läuft an den Fußsohlen entlang, versickert. Salzwasser wäscht die Wunde rein. Man läuft wie ein Büßer an das vergessene Ufer zurück.«

»Wie ein Büßer, ja. Denn als Rosalinde schrie, ich solle zurückkommen, verstopfte ich mir die Ohren, wollte nicht diese Stimme aus einem vergangenen Leben hören. Die Sonne nahm mich nicht in ihr schwarzwerdendes Rot auf.

15

Ich legte mich ihr zu Füßen. Die Flut stürzte mir in den Nacken - und ich kehrte um.«

»Alles Spinnerei. Deine Allüren, die ich ertragen muß. Sag es ihr nur. Mit Gewalt mußten wir Dich rausholen. Abgesoffen wäre er. Abgesoffen.«

Rosalinde läßt für eine Senkunde Roland los, stößt diesen Satz aus und rückt erneut provozierend an ihn heran, reibt sich an seinen Jeans.

6.

Johannes und Anna reagieren nicht.

Beide sehen das Meer zu einer anderen Zeit, an einem anderen Ort.

»Flut und Gicht, Spitzenklöppelei aus Schaumblasen. Durchbrochene Meeresränder, auf die ich mich setzte, mich umbrausen, wegziehen ließ. Die eigene Kraft reichte kaum aus, sich gegen die Wucht der Wellen zu behaupten. Und gefährlich wäre es gewesen, die Augen zu schließen - eine große Versuchung.«

Johannes schweigt. Er weiß, Anna hält ihn nicht für einen Spinner.

»Die Musik? Ist nichts Neues entstanden?«

»Zugeschüttet mit Wortgedröhn. Anfangsnoten - zum Ausreifen kommt kein Werk. Nur Flut und Ebbe ist in mir. Weit draußen treibt die Flaschenpost mit unvollendeten Werken, und an einem Felsen wird sie zerschellen.«

Johannes sieht zwei Gesäße aneinander. Rosalindes Rockstoff bläht sich auf, fällt wieder zusammen. Er treibt gedanklich ab, hört Anna sagen:

»Die Flut. Als die Flut kam passierte es.«

»Was passierte?«

»In einem Buch las ich den Satz: Nie werden wir dort ankommen, wo wir hingelangen wollen. Da war mein Haar naß. Die Seiten des Buches lösten sich auf, schwammen davon, und ich murmelte: Ich werde dort ankommen, wo ich hinmöchte, werde ...«

»Anna, ähnlich erging es mir. Ich lag auch auf dem Bauch, schrieb Noten. Eine Welle schlug über mir zusammen. Alles schwemmte hinweg. Gerne hätte ich mich mitnehmen lassen.«

Beide lachen, und die weißgrünen Meeresblasen, von beiden zu anderen Zeiten, an anderen Orten wahrgenommen, setzen sich in ihrer beider Augen ab.

Rosalinde kann unausgesprochenes Einverständnis nicht ertragen, sie wehrt sich dagegen ohne zu wissen, wogegen sie sich wehrt. Wie ist Abwehr zu begreifen? Es gibt nichts zu begreifen.

Erinnerungen, nicht einmal gemeinsame Erinnerungen, überschneiden sich, werden zu Bildern, veränderbaren Bildern. Die Gegenwart greift nach den Bildern, zerreißt sie, wirft sie weg.

Nichts ist, nichts war, nichts würde sein. Nicht einmal ein realer Mord würde geschehen. Oder doch? Als Ausrufungszeichen vieler ungesagter Sätze?

Der Wein gärt in den Gedärmen. Lieder werden laut gesungen, und das Schweigen wird ausschließlicher. Geflirre in der Luft, gewobene Spinnweben zerreißen. Insekten zappeln im Netz. Wechselspiel der Farben reizt die Sinne. Matt ist das Grün der Weinblätter und gelb, das dem Auberginerot ausweicht, dem Moosgrün Kontrast verleiht.

Anna - Johannes - Rosalinde - Roland ...

alle suchen das Meer im Nirgendwo von Vergangenheiten, suchen die Weinfelder der Gegenwart, reinigen sich mit Salzwasser, mit Wein, spülen weg, spülen runter, sind in der Menge stark. Und zu zweit oder alleine?

7.

Erbauend das Alleinsein, denkt Anna und atmet tief durch,
trinkt ihr Glas leer.

»Alles, was mir auf meinem Weg begegnet, habe ich akzep-
tieren gelernt, Johannes. Steine sind kein Hindernis mehr
für mich, ich überspringe sie. Gelingt mir das nicht, räume
ich sie aus dem Wege.«

Johannes versucht, sich zum wievielten Male ungeschickt
die Zigarette anzustecken. Anna übersieht seine Erschütte-
rung. Sie will ihm nicht mehr helfen. Er würde innerhalb
seines Panzers zusammenbrechen. Aber noch hält dieser
Panzer. Er legt sich nicht frei. Er rutscht auf der harten
Schale hin und her, wie als Junge in der dunklen Küchen-
ecke, linst zu Rosalinde herüber wie früher zu seiner Mutter. In Annas Gegenwart kriecht er nicht zu Rosalinde, wie
er auch früher nicht zu seiner Mutter gekrochen wäre, die
ihn wie immer weggeschickt hätte. - Störe mich nicht, faß
mich nicht an! Zerr nicht an mir herum! Was soll das? Du
mußt unempfindlich, hart werden. Geh auf Dein Zimmer,
spiele, lese! Du bist wie ein Mädchen. Auslachen werden
sie Dich, wie sie Deinen Vater ausgelacht haben, als er mich
nahm. Sie wußten alle, er würde mir aus der Hand fressen.
Und er fraß mir aus der Hand. Ich habe ihn verachtet. Und
Dich werde ich auch nicht davor bewahren, von einer Frau
verachtet zu werden. -

Anna hatte damals mehr von seiner Musik erfahren wollen.
Er hatte ihr oft die ersten Takte, den ersten Satz vorgespielt.
Jetzt stellt sie fest: Es geht mich nichts an, welche Musik
sich in ihm löst, ob er ein gefragter Komponist sein wird.
Wie er selbst wollte sie sich nicht mehr in seinem Labyrinth
verlaufen. Sein Singsang: »Weißt Du, der tägliche Ärger
mit den Musikschülern? Taub sind sie, begreifen nichts. Ich
möchte nicht mehr in die Schule gehen, mich nicht mehr
aussetzen.«

»Johannes, hast Du Dich je in Deinem Leben ausgesetzt, mit Deinem ganzen Ich eingebracht?«

»Anna, ist das Bitterkeit oder Ironie?«

»Keines von beiden, Johannes.«

»Nach der Schule stürze ich nach Hause, versuche, das fließende Element zu packen, übe und übe, höre die Töne in mir aufsteigen. Und dann - der Bruch. - Rosalindes Stimme: Nicht zu ertragen der Lärm. Das nennst Du Musik? Das jammervolle Gehämmere? - Ich klappe den Klavierdeckel zu und grübele nach über den halben Musiker, der nicht den Mut hat, sich vollends seiner Musik hinzugeben.«

Anna registriert die hastig herausgestoßenen Sätze. Bruchstücke von dem, was er sagen will.

Und Johannes bemerkt das Schleudern seiner Sprache, preßt den schmalen Mund mit den weichen Lippen fest zusammen. Seine Sprache ist die Musik.

Anna möchte ihm Mut machen, möchte ihm sagen: Es kommt die Zeit. Dann bringst Du Deine Musik zum Klingen. Aber sie weiß, es würde nichts nützen.

Er zieht das Gitter herunter, bricht seine Stoßgebete ab, fühlt sich ertappt, verbarrikadiert sich. So kennt ihn Anna. Seine Angst, sich preiszugeben. Offene Fragen wie aufgeblasene Luftballons, in die Anna hineinstechen möchte. Du spielst immer noch das alte Kinderspiel: Wer findet wen? Wo bist Du Johannes, wo? Auch diese Frage bleibt stummes Mienenspiel.

Anna steht auf. Es geht sie alles nichts mehr an. Dieser Spätsommertag wird sich dem Ende zuneigen. Und sie wird sich auf der Heimfahrt fragen, weshalb sie hierhergekommen ist.

8.

Anna muß heute noch die Friedensveranstaltung vorbereiten, daheim in ihrer Klause, ihrer Dachwohnung mit den schwarzen Balken, die sie hat einziehen lassen.
Sie wundert sich nicht mehr über sich, springt in den Gesichterkranz rund um den Tisch. Noch frisch beginnt er schon zu welken.
Betäubt vom Modergeruch teilt sie Umarmungen aus, rennt an Versteifungen, an Grenzen an, vollzieht falsche Riten. Sie registriert: zu fette Bäuche, Freßlust, Alkoholkonsum. Rauchschwaden, Nebelbetten. Modischer Gammellook, billige Flohmarktfummel bei platzenden Geldbeuteln, keine Hungerleider. Eine Aufreihung offener Münder mit weißen Zahnreihen, durchsetzt von Goldplomben. Keine einzige Zahnlücke, überhaupt keine Lücke, auch nicht auf den hölzernen Bänken.
Anna, ohne Alkohol im Blut, sieht Verdoppelungen. Keine Spiegel sind in diesem Hof der urigen Feste aufgestellt.
»So plötzlich und ausschließlich bist Du anwesend, Anna. Man hört nichts von Dir. Was treibst Du eigentlich?«
Die Köpfe schwenken aus der Totalen, nicken sich selber die Antwort zu. Anna schweigt. Wer schreit vom Tischende zu ihr herüber? »Anna, wie kühn Du aussiehst. Eine Festung im verlorenen Ort.«
Roland wiegt sich in der Süße der Spätlese, stützt den Kopf in die Hände und bohrt sich mit dunklen Augen in die Festung ein. Anna streicht sich eine Haarsträhne aus dem Gesicht und schweigt.
»Anna, Anna«, schreit Roland, »widme Dich uns! Was hat Johannes Dir schon zu sagen. Ohne Klavier ist er taub und stumm. Hörst Du mich. Anna?«
Gierige Stoßgebete. Anna hört Rabengekreisch, hält sich die Ohren zu, will aus den Quellen von Angst und Schuldgefühl nichts vernehmen.

Anna schreit zurück: »Roland, ich bin es nicht, die hier steht. Ich habe eine meiner Schwestern geschickt.«

Die laute Lustigkeit setzt ihr zu. Zigarettenstummel mit feuchten Filtern liegen haufenweise eingeknickt auf dem Boden, dort, wo breite Männerschuhe und modische Frauensandaletten sich selten berühren.

Der Schall eines gequälten Lachens neben ihr. Johannes. Seine Körperhaltung ruft Erbarmen in ihr hervor. Eine gespannte Feder, die sich nicht abheben kann, keinen weiten Bogen spannt, sondern verklemmt bleibt.

Andachtsstille in dem Lärm. Kein Dom in der Nähe nur eine Dorfkirche. Dünnes Glockengeläut. Die Lacher verstummen nicht.

Anna spielt ihr Spiel, kann nicht sagen, ob sie es gut spielt, ist selbst Publikum und hält den Atem an für die Spiele der anderen. Bald wird sie zu Hause sein und arbeiten oder wachliegen bis die Trägheit sie einlullt, alle Glassplitter weggepustet sind. Bei der Friedensveranstaltung wird sie mit ihren wirklichen Gefühlen dabei sein.

»Helft Euch selbst! Warum trinkt Ihr so viel? Um Euch wahrnehmen und fühlen zu können, Eure Empfindungen zuzulassen? Ich verwirre Euch, spreche ich von Eurer Angst, sich loszulassen. Ich möchte Euch umarmen, aber Ihr laßt es nicht zu.«

Ein Männerkopf ist auf den Holztisch gesunken. Johannes zerbricht sein Glas, betrachtet seine sich spreizende Hand, das rote Rinnsal, das über seine kurzen Lebenslinien rinnt.

»Mit Wein verdünntes Blut an den Händen, nicht an den Füßen, Anna. Ich bin in keine Muschel getreten, an Glas habe ich mich gerieben.«

Aufruhr in Anna. Sie will sich besänftigen.

»Durch die Felder werde ich jetzt gehen. Mein Gang wird leicht und beschwingt sein, klingen wie unzerbrochene Gläser, Johannes.«

Die Weininsel auf dem Holztisch wird rosafarben, sickert ein, und immer noch rühren sich weder Johannes noch Anna und die anderen.

Faszinierendes Spiel. Scherben, stehende Glasgondeln. Sie schwingen auf keinem Canal Grande.

Rosalindes Erregung. »Hab ich nicht gesagt - Tölpel!« Sie denkt an seine knorrigen Hände, die über ihren Körper gleiten, blutverschmiert. Wie könnte er ihren Leib, ihre Sinne, sättigen? - my heart in summer, my heart in automn, in winter.

Kein Bienengesumm.

Anna, Luisa - Rolands Frau - sind in der Melodie.

Anna fragt: »Wird es eine gute Weinernte geben? Ich werde sie kosten die trockenen Trauben, den ganzen Herbst über werde ich sie kosten.«

Die Hand von Johannes steht in der Luft wie ein blutiges Schwert.

9.

Der sich ankündigende Herbst wird von den Medien »hei-ßer Herbst« genannt und wie ein rohes Ei behandelt. Aus den Mündern der Menschen springt er der »heiße Herbst«.

Erwartung, Angst, Mißtrauen der Friedensbewegung gegenüber, als wäre sie eine ansteckende Krankheit, würde wie die Pest alle Leute aus den Häusern treiben.

Ein »heißer Friede«, welch eine Verheißung, eine andere Bedeutung als die Verkündigung »Friede auf Erden und den Menschen ein Wohlgefallen«.

Wohllaute einer längst vergangenen Zeit: Abendstern, Mondschein, Verkündigung und Verheißung.

Anna ist geblendet.

Schwarze Weinblätter mit weißen Lichträndern im Gegenlicht. Ihre Freude auf das Morgen.

Dunkle Trauben mit Lichtreflexen. Ernte, Fülle, Frieden. Liegende Hunde vor Haustüren vertreiben böse Träume. Sich von allen berühren lassen ohne Mißtrauen, und selber die Haut anderer berühren.

Aufmüpfige Anna, engagiert und wach, will sie den Unfrieden in Johannes nicht wahrnehmen, nicht mehr einlassen in das aufkeimende Ahnen um die Hilftsbedürftigkeit jener, für die sie sich einsetzen möchte.

Gerne würde sie Johannes bitten in der Friedensbewegung mitzumachen. Vielleicht könnte er hier seine Musik einbringen und würde sich damit selber helfen, vielleicht.

Sie weiß, er ist unerreichbar. Er ringt mit sich und seinem Drang, schöpferisch zu sein. Seine Verhinderungen. Er stößt sich das Messer unfriedmäßig zwischen die eigenen Rippen.

Anna erinnert sich: Niemals darf jemand stärker sein als meine Musik, sonst geht sie mir verloren. Meine Töne würden versiegen, wären sie täglicher Vergewaltigung ausgesetzt.

Anna, nur in der Musik kann ich sein. Sie ist in mein Sein eingebettet. Ohne sie bin ich ein Spielball in der Macht der anderen.

In den letzten Jahren hat Anna keine Zeile mehr über den Komponisten Johannes K. gelesen.

Sie will nicht wissen, will nicht fragen, hat schon zuviel gefragt. Die Fragezeichen hängen gleich Notenschlüsseln in der nebligen Stimmung des sich neigenden Sommerabends.

Johannes fühlt sich scheinbar wohl hinter seinem Gitter, merkt nicht die Einengung, die Behinderung.

Seine Mutter hatte den Kaninchen extra große Möhren durch die Gittermaschen der Käfige hineingesteckt. Seine Mutter hatte diese Kaninchen dann auch selber geschlachtet. Sein Vater konnte kein Blut sehen, mußte sich erbrechen, wie Johannes .

Die abgehäuteten Köpfe der Kaninchen. Pedro ohne Augen, Pedro ohne seine hängenden Ohren, die er immer hob, näherte sich Johannes dem Stall, dieser auf ihn einsprach, auf seinen rotäugigen Weißen mit den braunen Flecken im Fell.

Pedros Ohren wurden an die Schweine verfüttert, deren gieriges Grunzen seine Kinderträume zerrissen, sich die rosa Gießkannenrüssel zu Monster vergrößerten, die auch ihn fraßen.

10.

Johannes sitzt wie angeklebt auf der Bank. Weshalb will Anna in die Weinfelder?

Heute noch hockt er oft zwischen den Rebstöcken, läßt den dunkelvioletten Trester vom Jahr zuvor durch die Hände rieseln, kostet die Süße der Trauben, fliegt, Wärme in den Poren, an sein Klavier, liebkost die Tasten.

Sie lassen ihn das hören, was in ihm ist.

Sein Rücken hört auf zu schmerzen, seine steifen Hände werden leichte Flügel, gleiten wie geübte Tänzerinnen über die Tastatur.

Eine schwarzweiße, bewegliche Bühne für seine Verzweiflung, seine Freude über die Klänge.

Er lacht, er weint, fühlt seinen Körper, preßt sich ans Leben.

Er muß die Töne fassen, sie in eine Form binden.

Anna hatte seiner Musik immer gelauscht, sie in sich aufgenommen, ihr nachgespürt, gefühlt, wie sich seine Verhärtung bei den zarten Klängen auflöste, die Kruste nachgebend wurde. Nun konnte er Spuren eindrücken, ein Werk entstehen lassen. Tonleitern, Himmelsleitern besteigen. Kurzfristige Euphorie ... zurückziehen in die Mauer.

Herausfallendes Mauerwerk.

Johannes, glaube an Deine Musik, glaube daran! Das hatte Anna immer gesagt, wenn er unzufrieden mit sich war. Laß

Dir von keiner Frau diese reinen Töne verschmutzen. Oder: Sei stark und reinige Dich immer wieder! Nur in Dir findest Du, was Du für Deine Musik brauchst.

Predige nicht, hatte er Anna entgegnet. Vielleicht erkenne ich es selbst, später oder auch nie.

Scher Dich zum Teufel, Anna! Ich brauche Dich nicht. War sie gegangen, hatte er sie zurückgesehnt.

Die Erhaltung der Landschaft, das sollte ihn etwas angehen. Wie lange will er schon die Friedensbewegung unterstützen. Alle halten ihn für friedlich. Aber in ihm ist keine Friedfertigkeit.

Er lernt nicht, »Ich« zu sagen. Er läßt sich von Rosalinde zubetonieren. Seine Mauer wird nicht locker. Beton wird in offene Ritzen eingegossen, der nicht bröckeln kann wie luftdurchlässige Ziegel.

Er wehrt sich nicht, schlägt nicht um sich, frißt vielmehr allen Unrat in sich hinein, wie die Schweine im Stall.

Er sieht, wie sie Pedros Ohren fressen.

Ihm wird übel, er muß kotzen.

Er sitzt vor dem Klavier mit bekotzem Hemd.

Die Messingpedale stöhnt. Er spielt »Alle meine Entchen schwimmen auf dem See ...«

Rosalinde verachtet ihn so, wie seine Mutter den Vater verachtet hatte, ihn über den Tod hinaus verachtet.

Sein Vater hatte sich eines Tages in der Scheune erhängt. Die Schweine gequickt, die Kater gemiaut. Nicht aus Trauer um den Vater.

Es war die Zeit der hitzigen Gefechte um die Weibchen. Die Mutter hatte nur gesagt: Das mußte ja so kommen. Die Mutter fühlte sich »nicht schuldig«.

Anna hatte einmal gesagt: Weißt Du, wir leiden heute an der Sucht, ohne Schuld zu sein. Wir müssen lernen, unsere Schuld anzuerkennen und mit ihr zu leben.

Quatsch! Das hatte nicht Anna gesagt. Das hatte er irgendwo einmal gelesen.

Weshalb legt er alles Anna in den Mund, was ihn beschäftigt? Er war ihr gegenüber nie fair gewesen, hatte nur Nähe aus der Entfernung zu ihr herstellen können. Nähe in ihrer Gegenwart entstand nur durch die Musik. Musik und Nähe. Kein Hautfetzen war im Spiel.

Seine unehrlichen Spiele. Seine Feigheit, und nun die spitzen Krallen tagtäglich um ihn herum.

11.

Er wird Anna in den Weinberg folgen.

Die sanfte Haut der Trauben. Ihre Mattigkeit. Ihre Süße.

Gären sie, werfen sie Blasen auf, schäumen und werden zu klarem Wein.

Edel und herb mundet er Johannes, treibt seine eigene Gärung an.

Er wird alle Trauben mit den Kernen schlucken, den Darm, den ganzen Johannes reinigen.

Mit Wein nachspülen, immer wieder nachspülen.

Anna, komm zurück! Sieh, wie wir alle trinken. Wie nüchtern bist Du. Deine Nüchternheit lähmt mich.

Du erinnerst mich, Anna. Und ich will lästern: Johannes heiße ich und will keine Inkarnation.

Johannes öffnet seine unter dem Tisch zusammengeballten Hände. Reibt Feuchtigkeit aneinander. Findet die ihn umgebende Öde gläsern, möchte sie zerschlagen, sie klirren hören wie springendes Glas, möchte Nähe zu Anna aufbauen, möchte Geborgenheit finden, möchte, möchte, möchte ...

Hände eines Ohnmächtigen, denkt er, und zupft Rosalinde am Ärmel. Seine Frau, noch ist sie sein Frau.

Behäbig dreht Rosalinde ihr Hinterteil von Rolands Hintern gegen den seinen, im Zeitlupentempo.

Es ist ihm unangenehm, daß Anna Rosalindes läufige Willigkeit mit ansehen muß.

26

Er schüttelt sich innerlich, kann sich der gleichzeitigen begehrlichen Besitzerfreude nicht erwehren. Körperliche Erschütterungen, Widersprüche.

Nur in der Anstalt kann ich das mich Zermürbende auflösen, dieses unsichtbare Geschwür aufstechen, es auslaufen, heilen lassen.

Ganz gleich, was die Ärzte diagnostizieren werden, er kennt die Ursache seiner Krankheit. Schwer hängen Hinterteile über den Rand der schmalen Holzbank.

»Mußt Du Dich so ausführlich mit ihr unterhalten?«

Johannes nagt an den Häuten seiner Restfingernägel, Reflexbewegung aus der Kindheit. Dichte Augenbrauen senken sich über langsam sterbende Seen. Nirgends findet er Schutz, fühlt sich nackt und bloß.

Ein Sekundenblick zu der zurückgekehrten Anna, die ein Buch liegengelassen hat. Anna wendet sich ab, will nicht sehen, will nicht hören, weiß, daß sie die Ursache des aufkommenden Streites ist.

Rosalinde stößt ihr Glas um, es rollt über den Holztisch. Anna fängt es auf, stellt es wortlos hin, nimmt ihr Buch und geht.

Luisa hätte sie gerne mitgenommen. Verlassen und still sitzt Luisa neben dem versiegten Feuerwerk ihres Mannes Roland, dessen Blicke nun nicht seiner Frau, nicht Rosalinde, sondern Anna gelten.

Anna, die sich von seinen Worttiraden, seinem aufgesetzten Charme nicht heißmachen läßt, zeigt ihre Gleichgültigkeit, was Roland nicht ertragen kann.

»Stolz, diese Anna«, sagt er verächtlich und erwartet keine Antwort.

Rosalindes Zorn schwillt an wie eine Beule.

»Rosalinde, begreife doch, ich habe sie vergessen, und Anna bin ich völlig gleichgültig.«

»Du ihr, aber sie nicht Dir. Du willst es nur nicht wahrhaben, verdammter Kerl!«

»Sei einmal friedlich, Rosalinde. Sie hat weder Dir noch
mir etwas getan. Weshalb sollte ich nicht mit ihr reden?«
»Ich will nicht friedlich sein. Sie leuchtet immer noch für
Dich, gib es zu! Ich weiß, mich verachtest Du. Von Anfang
an hast Du mich verachtet, wie jeder Mann eine Frau verachtet, fließt sie aus, grätscht sich breit für den Mann,
braucht es wie der Mann. Du fühlst Dich erhaben über
mich, denkst, Deine Musik, Deine verdammte Musik
wäscht Dich rein. Du hast die gleichen Bedürfnisse wie ich.
Ich rieche eben zehn Meilen gegen den Wind nach offenem
Schoß. Und jeder, der darin wimmert wie ein Kleinkind,
wird von mir mit Haut und Haar verschlungen.«
Rosalindes Lachen wird zu einem krächzenden Schall,
steckt die Anderen nicht an, die sehen nur schweigend vor
sich hin. Johannes stützt den Kopf in seine Hände, preßt
sich wie eine Blume in den Seiten eines Buches zusammen
und schweigt ebenfalls.
Totes Gewässer, keine Algen, keine Fische, keine Tröstung
aus dem Geflatter zarter Blätter am Ufer.
Seine kalten Hände.
Immer noch erzählt der Sommer von Wärme, für Johannes
aber von den Gespenstern zwischen blattlosen Wein-
stöcken, worin der Wind jagt.
Totes Gewässer. Gift in Flüssen.
In- und Umweltverseuchung.
Das Geschrei aus Mündern. Parolen, Agitation.
Seine Mutter hatte immer zu viel Gift in den Weinberg
gespritzt ...
»Deine Musik verstehe ich nicht. Laute disharmonische
Töne. Deine Musik macht mich nicht an. Ich bin nun einmal
ungebildet, ich weiß. Aber ich weiß auch, daß ich lebens-
hungrig bin. Du vierter Ehemann, ich bring Dich ...«
»Rosalinde, hör auf. Beruhige Dich! Bring mich um, wenn
Du willst. Das wird die Lösung sein. Runde die Zahl ab!
Mache ich nicht alles, was Du willst?

Das Klavier öffne ich kaum noch. Verstimmt sind Klavier und ich.

Ein Wrack bin ich.

Tag und Nacht führst Du Szenen aus »Virginia Woolf« auf - bühnenreif!«

»Verdammt, wer ist das schon wieder? Sprich normal mit mir, protze nicht mit Deinem Wissen.«

»Rosalinde, wie soll ich es Dir erklären?
Du sperrst Dich, weigerst Dich zu begreifen.
Aber laß Anna aus dem Spiel! Sie lebt ihr Leben. Das bewundere ich an ihr. Unbestechlich und stolz ist sie. Und da ist noch etwas Unbekanntes hinzugekommen. Ich habe es noch nicht herausfinden können, was es ist. Sie bleibt für mich ein Vexierbild.«

»Quatsch! Sie wird alt.«

Rosalinde ballt die Fäuste, möchte zuschlagen, um sich schlagen.

Armselig und unterlegen fühlt sie sich, kann nicht benennen, was sich in ihr verkrampft.

12.

Johannes bekommt Mitleid mit Rosalinde.

Er spricht zu ihr wie zu einem Kind und fühlt sich in diesem Augenblick stark.

»Rosalinde, weshalb tötest Du alles ab in mir, was ich mit Dir zusammen leben wollte? Ich hatte gehofft, Du würdest mein Künsterlos mit mir tragen und mir helfen. Aber das war eine Illusion, eine der vielen Seifenblasen, die platzten. Von schillernden Farben habe ich mich blenden lassen. Vielleicht werde ich nie ein Mann, immer nur ein Sohn sein.«

Rosalinde findet seine Worte lächerlich, sucht die Beine von Roland, sucht Ablenkung.

»Roland, Du bist voller Einfälle. Was haben wir beide für

trübsinnige Partner. Sie hocken da wie festgenagelt, können nicht lachen, grübeln nur ständig, finden unser Verhalten provozierend, vergessen zu leben mit Haut und Haar, mit Haut und Haar.«

Selbst Roland mit seiner Exaltiertheit, seiner präsenten Show, ist von Rosalinde abgeschreckt. Er dreht sich umständlich eine Zigarette und reagiert nicht, ist sich selbst genug. Bei seinen Spielen wagt er keine hohen Einsätze, kriecht in den warmen Schoß Luisas zurück und läßt sich einlullen.

Rosalinde will nicht aufgeben, zittert auf ihrer Insel, will weder verdursten noch verhungern. Sie will und wird sich schadlos halten und spielt die Unverstandene.

»Ich verstehe Euch nicht, überhaupt nicht.

Rätsel mag ich nicht. Ich löse keine Kreuzworträtsel. Meine Männer soll ich angeblich in den Tod getrieben haben. Aber man erzählt viel. Ich bin keine Wölfin, und ich will auch keine sein. Aber ich bin verurteilt.

Ich weiß nichts, überhaupt nichts, nicht einmal von mir. Ich tappe im Dunkeln und wildere. Eines Tages werden sie mich erschießen, ich ahne es. Diese Ahnung ist wie eine lauernde Ratte. Ihre Augen liegen in meinen Augen, und wir starren uns an. Ich sterbe nicht an ihrem Gift, ich stärke mich daran. Wer errettet mich. Roland?«

»Rosalinde, Du spinnst. Erretten mußt Du Dich alleine. Jeder muß sich alleine erretten. Es ist ein Irrtum zu glauben, ein anderer würde die Retterrolle übernehmen. Die Fähigkeit zu lieben haben wir alle verlernt.«

Sein blondes Haar fällt ihm in die Stirn. Er wirkt jetzt jungenhaft und hilflos, schämt sich seines aufdringlichen Eitelkeitsgebarens und spricht mehr zu sich als zu Rosalinde.

»Jeder rafft nur, benutzt den anderen als Tinktur, bestreicht die eigenen kleinen Ritzer, desinfiziert sich von dem Narzißmusbazillus, benutzt den anderen als Trostpflaster für

eigene Wehwehchen und sieht nicht, was in dem anderen vorgeht, wie er zugrunde geht, wie er um Hilfe ruft ...«
Roland sieht seine Frau an und legt beschützend den Arm um sie.

II

Johannes sitzt an der Ecke des langen Holztisches. Seine angewinkelten Arme wirken breit und von ausdauernder Behäbigkeit.

1.

Johannes hört zusammenhanglose Worttiraden, Vorwürfe, Liebesgestammel.
Kindheitsbilder schieben sich vor das Jetzt, das ewige Jammern seiner Mutter . -
Du drückst Dich wie Dein Vater ohne Worte durch's Haus, sagst nichts, mampfst vor Dich hin. Immer dieser gesenkte Blick. Prügle ich Dich, siehst Du mich an wie eines der Tiere im Stall. Du kommst nicht zur Besinnung, da diese Klavierlehrerin Dir Flausen in den Kopf gesetzt hat: Du wirst ein Musiker, ein Komponist. Sag es Deinen Eltern. Sie sollen Dich ausbilden lassen.
Was soll der Zirkus?
Lerne einen ordentlichen Beruf, wie es sich gehört. Deinen Vater frag erst gar nicht. Ich will es nicht. Du bist der Sohn eines kleinen Beamten, und Du willst hoch hinaus?
Nachts das Rumtreiben mit den Mädchen in der Scheune. Wie sie kichern. Verstehst sicher nicht, mit den albernen Gänsen umzugehen. Bist was Besseres, nicht wahr? Die sollen den Hut vor Dir ziehen im Dorf, eines Tages. Stimmt's? Deinen Vater sehe ich tagelang nicht. Er zieht sich vor mir zurück, will sich nicht mit mir abgeben. Wahrscheinlich bin ich ihm zu anstrengend. Er will kein Gespräch. Ich muß nur alles runterschlucken wie eine Gans, die man mästet, deren Kropf gestopft wird für die aufgestaute Wut. Wennn ich schlachtreif bin, werdet ihr mir eines Tages den Hals umdrehen.

Kochen, Euch stummes Mannsvolk bekochen und abfüttern, Eure Klamotten ausbürsten, dazu bin ich gut genug.
Endlich sind die jungen Frauen soweit. Endlich wringen sie Euch aus, wissen um ihre Bedürfnisse, sprechen sie aus, stellen ihre Ansprüche, sind nicht mehr tot, lassen nichts mehr über sich ergehen wie ein Tier.
Dein Vater, wann kam der schon? Wenn er aus dem Wirtshaus angeschwankt kam und der Alkohol seinen Atem betäubte. Oder wenn wir alle Jubeljahre aus dem Kino kamen, dann war er stimuliert. Ansonsten hatte ich kein Verlangen nach Berührung, nach Zärtlichkeit zu haben.
Rosalinde, mein Sohn, die wird sich nehmen, was sie braucht. Und sie hat recht. Du wirst spuren, mein Sohn. Du bist gut vorbereitet von mir. Sie wird mir dankbar sein. Krach will ich keinen mit Rosalinde, den trage Du mit ihr aus. Oben, in meiner Schlafkammer, lache ich mir ins Fäustchen und denke: Recht so, Mädel. Deine Generation macht sich die Männer untertan. Du holst Dir Deinen Teil. Bekommst Du ihn nicht, machst Du es, wie es die Männer schon immer gemacht haben, zu meiner Zeit, drehst Dich um und nimmst Dir den nächsten Schwächling.
Mit meinen Mitteln habe ich mich gerächt. Deinem Vater mit meiner Keiferei das Leben zur Hölle gemacht. Eheliche Liebe was ist das anderes als Machtausübung. Einer wird immer der Unterlegene sein. Wir Frauen waren zu lange die Unterlegenen. Jetzt richtet Ihr Jungen Euch auf. Ich bin alt und schaue zu, wie die Frauen sich verändern. -

2.

Zerreißproben. Zerrissene Bilder, immer wieder zusammensetzbar. Neue Versuche, Hoffnungen.
Wahrscheinlich wird er Anna nicht wiedersehen. Johannes sieht Rosalinde jetzt wie eine ihm völlig fremde Person.
Das erste Mal habe ich aufkommenden Gefühlen nachge-

geben, oder was ich für Gefühle hielt für dieses Wesen neben mir.

Den Mund öffnet sie wie ein quakender Frosch, wie ein Drache aus den Sagen meiner Schulzeit speiht sie Feuer. Was bin ich denn, was?

Gegen den Willen meiner Mutter habe ich Musik studiert. Gegen den Willen Rosalindes werde, muß ich meine Musik endlich ausüben. Schlaftrunken und pubertär wanke ich durch die Gegend. Auf fünfunddreißig gehe ich zu und will nicht erwachsen werden.

Rosalindes verächtliche Blicke für Johannes. Ihre erneute Hinwendung zu Roland, der die Augen schließen möchte, sich bei Luisa von seinen Strapazen - zwangsweise Unwiderstehlichkeit vorführen zu müssen - ausruhen möchte. Einen schläfrigen Blick der Dankbarkeit hat er für Luisa. Sie läßt ihn gewähren, das weiß er. Und er weiß, daß das Rosalinde bei Johannes nie zulassen würde.

Luisa wiegt Roland, singt ein Schlaflied, läßt ihn an ihre mütterliche Brust. Er darf saugen, darf sich einwühlen, darf sie mit seinen Beinen umschlingen. Ihre Ausdauer! Ihre Geduld!

Anna, denkt Luisa, sieht ihr nach, wäre gern mit ihr gegangen, hätte Anna gerne gefragt, ob sie altmodisch in ihrer Geduld sei, sich anzupassen, hätte ihr anvertraut, wie sie sich selbst gegenüber immer fremder wird, sich verschließt, einschließt, sich wie eine Verehrerin von Roland in der hintersten Reihe eines Theaters fühlt, von der aus sie Roland auf der Bühne herumhampeln sieht, er gekonnt alle Rollen auslebt, während ihr immer nur die Rolle der nachgebenden, verständnisvollen Ehefrau bleibt.

Sie würde Anna fragen: Soll er es erfahren, wie ich leide, wie ich verbrenne? Wie ich mich auf der Müllhalde fühle? Anna würde zuhören. Anna ist immer so vorsichtig mit ihr, sieht sie so fragend an, fragt aber nicht. Sie würde sich ausschütten, denn sie hat Vertrauen zu Anna.

34

Luisa sieht zu Johannes, der Anna ebenfalls nachschaut.
Johannes fühlt sich ertappt, Röte überzieht seine Flächenlandschaft.
Luisa weiß, sie beide möchten Annas Spuren folgen. Sie steckt, wie Johannes, ihre fünf Finger in den Mund, nagt an jedem einzelnen Finger.
Bei Johannes sind es nur noch nagelfreie Kuppen. Das Rot der unteren Nagelhaut ist wülstig.
Rosalinde beherrscht ihre Wut. Hervortretender Kropf. Heißhunger.
»Holst Du mir ein Schnitzel?«
»Noch eines, Rosalinde? Wir stopfen zu viel in uns hinein.«
»Ich falle um vor Hunger. Geh' schon, geh'!«
Johannes zieht seinen letzten Zehnmarkschein aus der Hosentasche. Früher hatte er mehr Geld zur eigenen Verfügung.
Heute kann er sich fast nichts mehr leisten. Außer Notenblätter, die sich stapeln. Er muß bereit sein. Er legt angespitzte Bleistifte und die Notenblätter neben das Klavier. Das leistet er sich.
Bald, bald wird er aufstehen und gehen, sich absetzen, fliegen, die innere Ruhe zur Konzentration finden. Seine Kompositionen werden entstehen. Bald, ja bald.
»Hier nimm, ich mache einen Verdauungsspaziergang.« Er sieht den roten Rockzipfel von Anna. Steht auf, setzt sich ab. Rosalinde stampft mit den Füßen unter dem Tisch auf, stößt sich ebenfalls von der Tischkante ab und geht an die Theke, wo vereinzelte Männer leicht vornübergebeugt mit unzufriedenem Gesichtsausdruck vor sich hinstarren und ab und zu mit dem Handrücken ihren Mund abwischen.
Roland schläft in Luisas Armen ein. Sie steckt ihm ihren Daumen in den Mund, und er saugt genüßlich.

3.

In die von einer gefilterten Sonne durchwirkten Weinfelder
hineingehen.
Eingetrübtes Glas, durch das es sich lohnt hindurchzuse-
hen. Es regt an, sich gläserne Luftschlösser am Horizont zu
errichten oder ganz nüchtern an die kalte Jahreszeit zu
denken. Feuchtigkeit in der Luft. Das Lackgrün igliger
Schalen der Eßkastanien.
Anna hebt sie auf, die stachligen Kugeln, wird sie an den
kurzen Stilen fassen, sich stechen, sie später in die Kupfer-
kanne tun, den Kontrast von grün und kupferrot als wohl-
tuend empfinden.
Sie bückt sich wieder, stößt in den Schatten von Johannes.
»Anna, darf ich ein Stück mitgehen?«
»Und Rosalinde?«
»Ißt, ißt Unmengen, stopft ihren Ärger auf mich mit Fleisch
zu.«
»Wer tut das nicht? Laß sie essen!«
»Weiter hast Du nichts zu sagen Anna? Früher hättest Du
die Hintergründe aufgeharkt.«
»Johannes, ich bin weitergegangen, möchte nichts wieder-
holen. Diese Fragen nach dem Warum öden mich an.
Rosalinde wird ihre Gründe haben. Setze Du Dich damit
auseinander. Ich mische mich nicht ein. Nimm Luisa als
Mülleimer. Ich spiele eine andere Rolle im Gesellschafts-
spiel.«
»Anna, wie Du redest. Das ist nicht Anna.«
Anna hebt ein Bein, hüpft, als würde sie »Himmel und
Hölle« ohne gezogene Kreidestriche spielen.
»Johannes, ich bin wie ich bin und nehme mich mit meinen
Veränderungen an. Verödeten Schmerz belebe ich nicht
mehr, und meine Heiterkeit teile ich mit den Menschen, die
sich mit ihren Erfahrungen auseinandersetzen, sich als
ganze Person einsetzen.

36

Weißt Du, auch in der Friedensbewegung habe ich immer Angst um die Leute mit dem aufgepfropften Idealismusgetue, den Fanatikern, den Schreiern.«

»Anna, ich, Johannes, kümmere Dich nicht mehr? Siehst Du durch mich hindurch?«

»Johannes, wer hält schon einen intensiven Blick aus. Einem offenen Blick standzuhalten ist nicht leicht, nicht wahr? Du hast gelernt, »Ich« zu sagen. Wunderbar!«

Grobes Pflaster, Regenwürmer in den Rillen. Anna wäre gern alleine weitergegangen. Ihre Fußsohlen schmerzen. Sie hat Angst, falsche Sätze zu sagen, falsche Klagen zu hören. Weshalb versteht Johannes sie nicht? Sie will sich nicht mehr anrühren lassen von Menschen ohne Vertrauen in sie. Johannes will nur seinen Ballast loswerden und glaubt, sie, Anna, würde zuhören, ihm seine Nöte abnehmen, wie früher.

In der Friedensbewegung haben sich junge Leute um sie geschart, mit denen sie die gemeinsamen Enttäuschungen tragen will. Gegenseitig nehmen sie sich beim Schopf, tauschen sich aus, geben und nehmen voneinander, tragen miteinander Verantwortung für eine friedliche Zukunft.

4.

Fallender Schnee im Spätsommer auf eine ihrer Vergangenheiten. Sie würde nicht mehr in den Matsch treten, sich an Beinen, Armen, am ganzen Körper vollspritzen lassen. Ihre Blöße ist für immer bedeckt mit einer undurchlässigen Kleidung. Der hinkende Johannes hinter ihr. Braucht er sie, die Ältere, einst von ihm mit Spott bedachte Anna?

Sie wird ihn zurückschicken. Sie steht nicht mehr zur Verfügung. Sie will sich abgrenzen von diesem Musiker, an dessen Musik sie geglaubt hat, stärker als er selbst, und der sich nur betrunken von der Fessel befreien kann, um in ein strömendes Bild ohne Rahmen zu sinken, das ihm keinen

Halt gibt. Klirrende Eiszeit in den sterbenden Glutfarben der Weinberge.

Laute Schritte, singende ältere Leute. Mochten die Jüngeren sie auslachen, ihre Fröhlichkeit mißdeuten. Sie nehmen sich das Recht, ihre gezählten Stunden aufzurechnen, die Minuten auf der Zunge wie den Wein zergehen zu lassen, auszukosten dieses Zusammensein, bis der Todestanz Einzelne aus ihrem Kreis herauszieht, mitschleppt in eine andere Landschaft.

Die Angst von Johannes in gewissen Momenten:

»Anna, verkannte Anna. Du zeigst mir die kalte Schulter, wie ich Dir einmal die kalte Schulter gezeigt habe aus einer anderen Angst heraus. Anna, begreife doch, ich bin älter geworden. Mein Mißtrauen hat damals Dein Vertrauen zerstört, ich weiß.«

Er hält den Atem an wie an einem Krankenbett, in dem ein von ihm geliebter Mensch stirbt, er nicht wagt, die Hände des Sterbenden zu ergreifen, zu streicheln, zu küssen, seine Zuneigung auszudrücken.

Ist er denn verurteilt, als Musiker nur in Töne zu fassen, was die Realität ihm verwehrt?

Mein depressiver Vater, denkt er. Sein abgrundtiefes Schweigen. Werde ich es wiederholen müssen?

Nein, Johannes, nein! Du wirst Dich nicht aufhängen! Du wirst in die Anstalt gehen, dort, in der Klausur, die Konzentration, die Stille für Deine Musik finden.

Anna hat begriffen. Sie hat losgelassen. Sie gehört keinem mehr. Sie ist bei sich angekommen, läßt sich nicht mehr ein auf Männergeständnisse, Männerbedürfnisse. Sie hat den Schleier heruntergerissen. Ihre Zärtlichkeit, ihre Sinnlichkeit, ihr Mitleiden haben eine neue Dimension bekommen: Sie bringt sich ein in die Friedensbewegung.

Wie heiter sie ist, wie gelöst. Hart und kristallklar für mich, den diffusen Johannes.

»Anna, Bild hinter Glas bist Du mir gewesen, nicht faßbare

Hinterglasmalerei. Ich sah Dich immer falsch. Was weiß ich wirklich von Dir? Nie habe ich mich selber eingebracht, habe immer nur gewartet, was auf mich zukommen wird. Einzementiert in einer Mauer ist man keiner Hingabe fähig. Aus Angst vor Schlägen wehre ich jede Frau ab, lasse mich überfallen, vergewaltigen. Rosalinde hat meine Schwäche erkannt mit sicherem Instinkt. Sie hat den ganzen Johannes mitsamt seiner Musik verschlungen.«

»Geh zu Deiner Frau zurück, Johannes! Warum diese abwartende Haltung, diese Dich lähmende Angst, ich könnte etwas von Dir fordern, was Du nicht wagst, Dir selbst abzuverlangen? Spürst Du nicht, daß nur Deine Musik Dich fordert? Folge ihr, ausschließlich ihr ...

Jetzt habe ich wieder zu viel gesagt. Geh bitte, geh!«

»Anna, ich weiß, was Du mir sagen willst. Begreife aber, Anna, zu den Stimmen in mir gehört auch Deine Stimme.«

»Johannes, ich will kein Konfrontation. Du mußt Deinen Weg alleine gehen. Ich bin nicht mehr die Frau für Söhne. Die Mutterrolle versenke ich in die Anna von einst. Im Grab kann diese meine Rolle mit der früheren Anna vermodern, von Würmern zerfressen werden. In einer anderen Anna mag diese Rolle wieder auferstehen, aber nie mehr in mir.«

Johannes ballt die Hände in den Hosentaschen, beult den Stoff aus, läßt sein Wasser laufen ... aus den Augen, aus der Hose.

Anna sieht ihn nicht. Er kann sich gehenlassen. Sie läuft vor ihm her, dreht sich nicht um.

Schweigen knistert, nistet in den Nylonnetzen zwischen den Rebstöcken, fällt auf die rote, furchige Erde.

In der Nähe stößt ein Raubvogel herab, faltet sich auf mit der Beute, fliegt in sein Versteck.

Gleichzeitig schreit Johannes mit geschlossenem Mund, mit aufgesprungenen Lippen, schreit aus der Steppe, sieht nicht durstig, nicht verhungert aus wie die Kinder mit der Pergamenthaut auf den Plakaten für die Dritte Welt-Hilfsaktion. Wohlgenährt, mit aus dem Hosenbund quellenden Bauch, fettwülstig, lebergebläht steht er und schreit mit geschlossenem Mund.

Anna hört und sieht nichts, zupft Weinblätter, summt vor sich hin, längst vergessene Kinderlieder. Ihr Lied wird zum Echo im Geisterwald seiner Töne, worin Nachtvögel Paarungswünsche verbunden mit Todeslust krächzend ausstoßen. Alles wird zu Musik werden, denkt Johannes, Musik, die in mir aufleuchtet. Noch heute nacht will ich festhalten, was sich in mir gelöst hat.

Rosalinde werde ich würgen, will sie sich auf das Klavier, auf mich stürzen, mächtiger sein wollen als meine Musik. Gesang wird in mir tönen, Noten werden aus dem Gitter einer mich tragenden Erinnerung fallen.

5.

Raben fliegen, werden zu aufgebauschten Fächern, streifen gefärbte Weinblätter, setzen sich ab, fliegen auf in eingeübtem Tanz, Krächzen, Schreie. Wer kann unterscheiden, wer schreit, wer krächzt? Ausdruck vieler ungeschrieener Schreie, die Johannes zu ersticken drohen.

Er spürt, er ist am Leben, ist keine am Faden hängende Puppe. Er wird laufen lernen!

»Anna, Du verachtest mich. Rosalinde sagt, ich würde sie verachten, würde sie ablehnen. Wen liebe ich denn, Anna, wen? Bin ich überhaupt fähig zu lieben?«

»Johannes, hör auf mit Deinem Selbstmitleid! Steige den Berg hinauf, rutsche aus, falle hin, steh wieder auf, steige weiter! Spürst Du die dünne Luft auf Deiner Haut? Höhenrausch. Nahrung für Dich. Du bist Künstler. Deine Selbstzerfleischung ist Gift in Deinem Blut. Habe Erbarmen mit Dir und glaube nicht, gewöhnliche Sterbliche seien seelenlos. Ich verachte Dich nicht!«

Die länger werdenden Schatten, in die sie hineingehen, verstärken Annas Abschiednehmen von Johannes. Anna ist aus dem Tunnel herausgetreten, läßt sich vom Licht blenden, nicht verblenden. Sie sagt ihm schweigend: Geh weiter, nur noch wenige Schritte, wage sie Johannes!

Die Kehle von Johannes ist ausgetrocknet, doch er will nichts trinken. Seine Chaossituation, wie er sie aufbaut, wie sie ihn erschlägt. Unbeteiligt schaut er zu.

Euterschwere Trauben im Wingert. Anna greift an ihre Brüste, jauchzt, ufert aus, ist mit der trockenen Auslese einverstanden, der Leichtigkeit ihres Liedes und singt: »Mariechen sitzt auf einem Stein, einem Stein, da kommt ein fremder Prinz herein, Prinz herein ...«

Sie setzt sich auf einen Stein, wartet nicht wie Mariechen auf den Geliebten, den Bruder, den Sohn, den Mann ...

Der Stein, auf dem sie sitzt, ist ihr genug.

Johannes zieht seine Zunge über die Zähne, sieht, wie Anna sich eine Traubenpyramide pflückt, den Kopf nach oben streckt, die Trauben über ihren Mund hält, jede Beere einzeln mit den Lippen holt.

Er beneidet sie und kann sie nicht bitten, ihm auch Trauben in den Mund zu stecken.

»Immer nimmst Du Dir, was Du willst, Anna. Wie machst Du das?«

»Schau, Johannes, wie gelassen der Spätsommer ist, sich lagert. Bald locken wärmende Feuer. Pralle Kastanien werden aufplatzen. Braune Früchte. Das Fleisch herausschälen, die Süße schmecken. Erntewagen werden die Winzer in den Weinbergen aufstellen, Gefäße mit Trauben füllen, sie zentnerschwer in die Kelter fahren. Die Pflückerinnen, werden sie singen, Johannes?«

»Anna, das weiß ich nicht mehr und müßte es doch eigentlich wissen, denn ich bin in Weinbergen aufgewachsen. Verhutzelte alte Frauen fielen über mich her, kicherten wie Hexen auf dem Boxberg. Ihre Zahnlücken hielten sie feil, scheuten sich nicht, ihre Röcke zu heben, hinter die Büsche zu gehen, sich auslaufen zu lassen. Gaff nicht so! Wir hocken halt, wo ihr stehen könnt, Bögen schießt, Euch damit brüstet. Bäche dampften, versickerten. Die Alten sprachen mit sich selbst, klatschten, flüsterten sich die Ohren voll, warfen die Trauben in Körbe. Aber das ist lange her. Erzähl mir, wie Du lebst?«

»Johannes, Du hast mir nie Fragen gestellt, bist mir nie unter die Haut gekrochen. Warum jetzt? Komponiere Dir meine Geschichte, beantworte Dir Deine Fragen selbst.«

6.

Johannes ist unfähig, den einst aufgerissenen Graben zu überspringen. Nun hat Anna die Mauer errichtet. Er kommt an das Wesentliche nicht heran. Stummheit legt sich wie Mehltau auf ihn.

Anna interessiert sich nur für seine Musik. Nur sie hat für ihn zu zählen. Wie in das Wachs einer Kerze soll Johannes sich eindrücken, den Docht zärtlich umfassen, ihn anzünden, die Flamme seiner Musik aufspüren, in ihr leben ...

Anna sieht in Johannes einen der vielen Söhne, die ihr immer wieder begegnet sind. Zeitraubend sind sie, trotzig, voller List und Tücke. In ihr Spiegelbild verliebt, drehen sie lange Locken und verharren in ihrer Kindheit. Gewiegt werden wollen sie, und die Wiege wird zum selbstgeschaufelten Grab.

Er nimmt die Hand in den Mund, kaut an seinen Fingernägeln, kaut rohes Fleisch.

»Sie hat es Dir nicht abgewöhnen können. Wie sehr habe ich es Dir gewünscht. Sie will nicht, daß Du erwachsen wirst, nicht wahr?«

Und sie bereut sofort das Ausgesprochene, läuft los, will keine Antwort hören. Sie läuft, überspringt Begrenzungen, läuft in die unendliche Weite hinein, kehrt um, läuft wieder einige Schritte vor Johannes her. Anna, Anna, möchte er rufen, hört den Schall an den Hügeln abprallen und verstummt. Er zieht sich wie einen überfüllten Handkarren nach; jeden Augenblick kann er umkipppen, seine Ladung über Anna ausleeren, sie zuschütten. Wo sind die wahren Momente der Empfindung?

Er denkt an Rosalinde, sieht ihren offenen Mund, sieht das Negativ eines Bildes. Er watet mit ihr durch Morast und seine Gummistiefel kleben im Dreck.

»Du ahnst alles, Anna?«

»Nichts ahne ich, nichts will ich wissen. Alles geht seinen Gang. Meine Wachheit nähre ich aus meiner Sucht zu erfahren. Dir habe ich nicht die Scheuklappen gestohlen, Johannes. Du wagtest nie, auf dem Grat zu balancieren aus Angst vor dem Fall. Für Deine Musik wäre das die einzig richtige Lösung. Willst Du noch komponieren?«

»Anna, Du hast meine Musik verstanden. Ich weiß es jetzt. Sie wird wieder gut werden. Ich weiß, was ich zu tun habe. Mögen mich alle ablehnen, mich verspotten, ich will sie durchsetzen. Willst Du mehr von mir wissen?«

»Nein. Begreife endlich. Ich brauche meine Zeit und meine Kraft für die Arbeit in der Friedensbewegung.«

»Anna, das klingt so konsequent, fast fanatisch. Du wirst Dich verrennen, bete nicht die Vernunft an, gerade Du, Anna. «

»Jetzt begreife ich, wie verletzlich Du bist.«

Johannes steht wie ein Indio mit dem Willen, sich aus der Versteinerung zu lösen. Die Vogelrufe aus den Weinbergen erreichen ihn nicht. Er hatte geglaubt, wenigstens diese Landschaft lieben zu können, aber auch das hatte er sich nur eingebildet.

»Anna, kannst Du nicht vergessen?«

»Ich will nicht vergessen. Dem Vergessen verschreiben sich die Feigen und Selbstbetrüger. Vergangene und künftige Bilder baumeln vor meinem Gesicht, hängen vor meinen

Tag- und Nachtabläufen. Ordnen muß ich sie wie Du Deine Töne Johannes. «

»Anna, willst Du Dich ebenfalls erretten, ja?«

»Wer will das nicht?«

Anna wirft das übriggebliebene Skelett der abgegessenen Traube fort. Nicht eine Einzige hatte sie ihm angeboten. Die Kerne hat sie auf den Weg gespuckt und sich gefragt: Was will dieser Schatten neben mir? Ich will nicht mehr über spitze Steine stolpern ...

»Ob es einen Sinn hat, sich zu erretten, das weiß ich nicht, aber ich weiß, daß ich nicht vor mir selber fliehen kann. Ich setze mich aus, wir Frauen setzen uns aus, immer wieder, mit jedem Erwachen am Morgen, gleichgültig, ob die Sonne uns unsere faltigen Züge zeigt oder sie sanft mildert, ob Gewitter uns zittern läßt, Männergeraunze uns schrecken will. Wir haben die Angst vor der Autorität verloren. Du, Johannes, Du setzt Dich keiner Gefahr aus, läßt Dir von einer Frau die Entscheidung abnehmen, trottest im Gleichschritt mit und wunderst Dich über das Versiegen Deiner Musik.

Hebe rote Erde auf, feuchte sie an, forme sie zu einer Kugel, zu einem Leib, sonst rieselt sie Dir durch die Finger. Leer bleiben Deine Hände, blickst Du in die Flächen und zählst die Lebenslinien. Kurz sind sie, unausgeprägt und verlieren sich im Ödland.«

Das brüchige Lachen von Johannes schmerzt in Annas Ohren. Tierrufe aus den Nächten ihrer Schlaflosigkeit.

Gänsehaut. Die Haut kräuselt sich zu millionenfachen Krümeln. Raunen um sie herum. Erneutes Niederstoßen der Raubvögel, nun in ihre Leiber hinein. Sie werden zerrissen wie Feldmäuse. Erde haben sie gerochen, Winternahrung gesucht und sind nun selber zur Nahrung geworden. Immer holt sich der Stärkere sein Teil.

Anna steckt sich eine Zigarette in den Mund. Johannes versucht, ihr Feuer zu geben. Es bleibt ein Versuch. Sie sehen sich nicht an, sehen nur zitternde Hände. Nichts werden sie sich eingestehen, nichts!

Ihre Gesichter sind blutleere Silhouetten. Sie vermeiden es, ihre wahren Empfindungen in ihren Blicken zu lesen, dieses einzige Mittel, den Kern des anderen zu berühren, zu ertasten, zu liebkosen.

Anna läßt die Arme sinken, verzichtet auf die Zigarette, hebt den Kopf stolz und wehmütig zugleich und denkt zum wievielten Male: Weshalb begegnen mir immer wieder Sterbende anstatt Lebende?

Mund zu Mund Beatmung verlangen sie mir ab, saugen mir das Blut aus den Adern.

Werden wir erst mit unserer Geschlechtlichkeit zärtlich? Haben wir nur dann den Mut, unser Verlangen nach Zärtlichkeit auszudrücken?

Anna möchte die Spannung auflösen, ihn umfassen, ihn beleben, möchte mit ihm lachen wie in den guten Stunden, möchte Trostworte wispern.

Sie darf frühere Fehler nicht wiederholen. Er soll sich selber erfahren, soll ausbluten und sich dann erneuern.

Anna will ihn loswerden. Sie geht schneller, winkt ihm zu, lockt, winkt ab, er solle zurückbleiben.

Rostfarben ist der Himmel, in dem Anna zum schwarzen Punkt wird.

Er sieht Noten schweben. Mit einem filigranen Taktstock dirigiert er die Overtüre.

7.

Anna ist nicht mehr verfügbar für mich. So lösen sich durch eigenes Verschulden Glieder aus meiner Kette.

Anna, der ich mich hätte öffnen können, hat sich mir für immer entzogen.

Anna singt Friedenslieder und läßt mich in Unfrieden zurück. Sie weiß, daß ich um die Stärke der Frauen weiß.

Die Rache der Anna gestaltet mir Rosalinde. So halten die Frauen zusammen, vereinigen sich für die Vernichtung der Männer.

Eine Vogelscheuche steht hölzern im Feld. Der Hut hängt gesichtslos in der Luft. Nicht Annas sich ausbreitende Arme sieht er, sondern Stockarme, parallel zur Erde gestreckt, schlotternde Lumpen, allen Vogelflug verscheuchend.

Johannes stöhnt. Bilder. Töne. Risse.

Die Vogelscheuche fällt um. Er sieht Rosalinde. Sie stürzt sich mit ihrem ganzen Gewicht auf die Vogelscheuche. Ihre Haarsträhnen berühren die Krempe des Hutes. Ihre Gesichtszüge lösen sich auf. Ihr imaginäres Bild verschwindet. Lust wird zum einsamen Hall ohne Möglichkeit einer Vereinigung mit einem Du. Danach Abstieg in die alltägliche Behausung. Erneute Kampfsituation.

Das schwarze Klavier umkreist er nun Jahr für Jahr, Tag für Tag. Es ist nah und entrückt zugleich.

Nachts. Er zieht Rosalinde über sich, sie soll ihn vereinnahmen, ihn vergewaltigen, ihn auslöschen. Er will alle erinnerten Bilder für die Umsetzung in seine Musik vergessen. Er denkt sich nicht mehr, fällt sie von ihm ab, satt und träge sich in den Schlaf wälzend.

Rosalinde hat die vereisten Tränen nicht in ihm auflösen können. Soll seine Musik neu erwachen, müssen die Tränen in ihm fließen, und seine Freude muß in der Hingabe an die Musik zum Ausdruck kommen.

»Danke, Anna!« sagt er laut. Jetzt, ohne ihre Gegenwart, kann er mit ihr reden.

Anna, mir wird eine andere, neue Lust am Leben erwachsen. Du hast Dich entfernt, welch langer Weg der Annäherung. Nähe, welch kurzer Weg einer Entfernung. Meine Träume will ich in mein Leben tragen. Mein Panzer muß zerbrechen.

Dann vereinnahmen ihn wieder die naheliegenden Dinge

und Bilder. Wird ihn Rosalinde wieder schlagen? Wird er stillhalten oder aufstehen und in das neugegründete Männerhaus für geschlagene Männer gehen?

Er muß aufhören, mit sich zu reden, im eigenen Matsch zu rühren. Johannes ist Johannes kein guter Gesprächspartner, wie er seinen Schülern kein guter Musiklehrer ist.

Er wird kündigen. Seine äußere Anspruchslosigkeit wird er nicht mehr mit der angenommenen Raffgier zudecken, die er mit Rosalinde praktiziert. Er benötigt keinen Besitz.

Und die Wörter wird er reduzieren, stumm sein.

8.

Anna hatte ihn früher einen guten Schauspieler genannt, ihm gesagt, er könne sich fremde Gesichter, nur nicht das eigene überstülpen. Er würde wieder versuchen, den Clown zu spielen.

Betont lässig dreht er seine gedrungenen Schultern vorwärts, lächelt ohne weiße Schminke, als er den mit einer Zeltplane aufgebauten Weinstand betritt und zu der herausgeputzen Dörflerin »Einen Schoppen, bitte!« sagt.

Er läßt seine breite Handfläche wie eine warzige Kröte auf der Theke liegen und wartet.

Die junge Frau beachtet seine zum Lachen verzogene Miene nicht, schiebt ihm das schwere Glas gegen die abgenagten Fingerkuppen, kassiert, konzentriert sich auf ihre Arbeit, funktioniert reibungslos. Ihren straff nach oben gehaltenen Busen streift sie ständig mit ihren Oberarmen.

Johannes denkt an die unterentwickelten Brüste von Rosalinde, ihre unproportionierte Figur, ihren derben Gang.

Bilder von Frauen mit einer für ihn unerklärbaren Ausstrahlung hat er verinnerlicht. Begegnet er diesen Frauen, weicht er ihnen aus, verehrt und begehrt sie nur aus Schlupfwinkeln.

Johannes trinkt das vierte Glas. Mit dem Handrücken

wischt er sich über den Mund. Ein Hund stellt sich vor ihm auf, kläfft ihn an, wackelt mit dem Stummelschwanz, hebt das Bein, springt davon.

»Fahren Sie nur nicht Auto, junger Mann. Sie haben zuviel getrunken. Sie stieren Löcher in die Erde. Was ist nur mit Euch los?«

Die ältere Frau dreht sich zu einer Freundin hin.

»Die Jungen lachen jetzt so selten. Der steht da wie ein Klotz. Als er kam, sah er aus, als wolle er die ganze Welt erobern.«

Johannes sieht die alte Frau an: »Oma, meine Oma!« Er setzt sich neben sie auf die Bank, legt den Kopf in ihren Schoß und taucht weg.

Die Frauen sehen sich fragend an, reden leiser, lassen ihn schlafen.

Ein Lied im Traum und eine Frau auf einem Stein während der Ernte.

Nicht Anna, Großmutter. Sie singt ihm Lieder. Seine Mutter hat ihm nie ein Lied gesungen. Großmutter nickt mit dem Kopf, fragt nicht, lacht nur, als er bei der Ernte in den Berg von kernig-süßen Trauben kriecht, Saft an ihm herunterläuft, er herausgezogen wird, die Großmutter ihn in die Wanne steckt und singt: Mariechen saß auf einem Stein, einem Stein, einem Stein ...

Hat Anna nicht auch dieses Lied gesungen?

9.

»Johannes, Johannes!«

Die alte Frau wiegt ihn immer noch. Er schreckt hoch. Sein Herz schlägt bis zum Hals.

»Überallhin verfolgt sie mich und findet mich. Ich will in die Anstalt, dort wird sie mich in Ruhe lassen müssen!«

Die Frau läßt seinen Kopf erschreckt los, denkt, was mag er geträumt haben?

Vor ihnen steht breitbeinig Rosalinde. Ihr kleiner Fischmund schwappt auf und zu, zu und auf.

Heimatschnulzen, Aufputschmusik vermischt mit den Stimmen der Weinseligen.

Johannes möchte in den Frauenschoß zurückfallen, ersehnt die Stille, das Nicken der Nachbarn am Feierabend, ihr Bücken in den Gärten, ihr Streuen von Blumen über ihn.

Selbstbetrug.

Johannes starrt Rosalinde an. Rosalinde starrt zurück. Ihre Wut, seine Hilflosigkeit. Das Zeitlupenstaunen der Alten. Sie rücken zusammen, wollen Johannes beschützen. Rosalinde zerrt Frauenschultern auseinander. Pappteller fallen, angetrockneter Senf ist braune Rinde geworden.

»Lassen Sie ihn los. Er ist kein Kind mehr. Er soll endlich ein Mann werden, auf eigenen Beinen stehen lernen! Schauen Sie sich den Künstler ruhig an. Ein Musiker ist er und mein Ehemann. Ein Musiker ohne Musik.«

»Rosalinde, bitte hab Erbarmen, Erbarmen!«

»Erbarmen, Erbarmen«, äfft sie ihn nach. »Was für ein altmodisches Wort. Es ist, wie es ist.«

Johannes fixiert die Wölbung an Rosalindes Hals. Rot angelaufen und fleckig schiebt sie sich hin und her.

Flackerlicht! In ihm immer das gleiche Bild. Er schnellt hoch, wirft seine Hände gegen dieses wabbelnde, glatte Basedowfleisch und drückt zu. Das Ding entgleitet seinen Händen. Rosalinde lacht schadenfroh. Er ist schweißgebadet.

Nichts geschieht. Nur Blicke stechen sich gegenseitig aus. Die alte Frau, in deren Schoß er gerade noch gelegen hat, klopft ihm sanft auf den Rücken. Johannes summt das geträumte Lied, Großmutters Lied, wünscht sich den Stein von Mariechen herbei, auf den er sich setzen kann in der Hoffnung, sich aufzuschwingen wie die Vögel.

Rosalinde ist sprungbereit.

»Rosalinde«, sagt er ganz ruhig, »spring an meine Kehle,

spring schon, drück zu, mach schnell, besser Du als ich. Ich wehre mich nicht.«

Er steht auf, stellt sich vor Rosalinde, dicht an ihre Haut. Kein Begehren in ihm, kein Wille, kein Wunsch, keine tanzende Note.

Rosalinde streckt die zusammengeballte Hand in die Höhe, öffnet sie, läßt die flache Insel stempelhart auf seine Wange niedersausen.

Er nimmt den Schlag kaum wahr. Weggerückt ist er, mit seinen Sinnen, seinem Wesen.

Er dreht sich zum Tisch um, läßt sich fallen, trinkt den Rest Wein aus, wirft das Glas hinter sich, leichtes Klingen, Splitterregen. Er hat es nicht gewagt, ihr das Glas ins Gesicht zu schleudern.

Der alternde Frauenchor setzt klagend ein: »Was machen Sie denn? Er ist nicht betrunken. Sie sind eine böse Frau!«

Die Alte nimmt seinen Kopf an ihre Brust. »Sei ruhig mein Sohn, ganz ruhig! Sie meint es nicht so, Deine Frau. Es geht vorüber, alles geht vorüber.«

Die dunklen Kleider der Frauen wippen wie aufgespannte Regenschirme im Sturm. »Ohne Geduld sind die jungen Frauen heute. Und ihr jungen Männer seid kraftlose, verängstigte Geschöpfe geworden, zieht den Kopf ein, anstatt Euch zu wehren. Wie sich alles umkehrt.«

»Na, Na, Antonia, Pantoffelhelden gab es zu allen Zeiten, auch in unserem Ort«, sagt die alte Frau, die es nicht mehr wagt, Johannes ein Wiegenlied zu singen.

Rosalinde macht einen Rückzieher, spürt die Kraft der Alten, die einen Ring um Johannes bilden, ihn beschützen wollen. Johannes fühlt sich in der großmütterlichen Dunstglocke aufgehoben. Sein Wohlbehagen kehrt zurück.

Rosalindes kindliches Aufstampfen: »Er muß bestraft werden. Er braucht das, hat das immer gebraucht. Erst war es die Mutter, jetzt bin ich eben die böse Frau. Komm Johannes, wir gehen!«

50

Wie ein alter Mann, vornübergebeugt, denkt die alte Frau, als er sich erhebt und wie aufgezogen, Schritt für Schritt sich schleppend vorwärts bewegt, den Blicken der Frauen ausweichend.

Lange sitzen die Frauen noch zusammen und tuscheln über dieses junge Paar: »Was sagte er von Anstalt? Er war doch ganz normal, bis sie kam. Sie werden nicht mehr mit sich und dem Leben fertig, haben das Lieben verlernt, denke ich«. Die anderen nicken, wollen vergessen, sich an harmlosen Erinnerungen ergötzen, kichern: »Weißt Du noch, weißt Du noch?« Große Kinderaugen in Faltengesichtern verklären sich.

Johannes beobachtet sich, wie er hinter Rosalinde herläuft. Parallel zu ihm läuft der Hund von vorhin, schnuppert, sieht zu ihm auf.

Hund sein, dressiert sein. Anna würde sich nie einen Hund halten. Anna hat eine Katze. Er sieht sie in einer früheren Zeit einen Hund streicheln: Siehst Du, wie er seine Würde verloren hat? Eine Katze kümmert sich nicht um den Willen des Menschen. Sie geht und kommt, wann sie will.

10.

Rosalinde setzt sich ans Steuer, stützt die Unterarme auf. Johannes bewundert ihre Konzentration beim Fahren. Er weiß, sie hat ebenfalls getrunken, sie haben beide zuviel getrunken. Ihre Backenknochen rutschen hin und her, aufeinandergebissene Zähne malmen.

Sie dreht das Autoradio an, singt mit knarrender Stimme die Melodie mit: Love is never reality, never, never love ... Sein Blick löst sich nicht vom Türgriff. Wenn er? Er würde in die Weinfelder fallen, liegenbleiben, seinen Herzschlag nicht mehr hören müssen, wie sein Vater enden. Amen.

Fallender Schnee im Spätsommer. Wie soll er ihn wegkarren? Oder soll er einen Schneemann bauen, das Spiel heiter gestalten, eine Karotte in die Nasenöffnung stecken, einen grinsenden Mund mit Kohle einsetzen?

Rosalinde hat mich wieder geschlagen. Wie man sich an alles gewöhnt.

Rosalinde kümmert sich um alles. Ihr umfassender Blick für die Spielregeln, ihre Finanzplanung, ihre sporadischen Einkäufe. Die mit unnützem Zeug vollgestopfte Wohnung hat er zu putzen. Sie teilt ein, und er gehorcht.

Auch heute wird sie mich in ihr schweißiges Bett ziehen, mich nehmen, mich zerstückeln, jeden Happen genüßlich auf der Zunge zergehen lassen.

»Rosalinde«, sagt er in das Fahrgeräusch hinein, »ich bin Dir ausgeliefert. Ich brauche Dich, Rosalinde.«

Rosalinde sieht in die Landschaft, bewegt kaum das Lenkrad. »Was soll das Gerede, Du nervst mich. Denke weniger! Gib mir Schokolade. Ich muß essen. Sie ist im Fach. Gib schon!«

Der Abend fällt über beide herein, schwarz, unerbittlich schluckt er das letzte Rot der Sonne. Sind sie nur einen Tag unterwegs gewesen?

11.

Das schwarzpolierte Klavier, deckchenverziert. Leere Notenblätter, gestapelte Warnschilder. Wann soll er arbeiten? Rosalinde kreiselt mit ihm durch die herbstlichen Weinfeste. Versauern kann ich später. Ich will dabei sein, genießen. Bleib zu Hause, ich bin nie ohne Anhang. Deine Freunde nehmen mich überall mit hin. Du sagst doch immer, ein Künstler muß alleine sein. Du könntest Dich sonst nicht konzentrieren. Also konzentrier Dich, klimpere, wenn ich weg bin! Er klimpert nicht, klammert sich an Rosalinde fest, läßt sich infizieren vom Taumel nach Konsum und Betäubung.

Sonne, Mond zerreißen schmutzige Gardinen, setzen sanfte

52

Schatten, schmale Balken zu Mustern zusammen. Die Nachrichten im Radio leiern in seine Ohren. Aufrufe für und gegen die Friedensveranstaltung, Aktionen in der Welt dringen in ihn ein. Alle Angst der Einzelnen sammelt sich im Riesentrichter, schreit: Wacht auf, laßt Euch nicht blenden, kämpft nicht allein, sammelt Euch, marschiert vereint gegen den Vernichtungswillen der Mächtigen!

Krieg, Atomkrieg, würde jeden Kampf zwischen Mann und Frau beenden.

Johannes kennt den Krieg nur aus Erzählungen der Großmutter, aus Bildern und Filmen, aus Büchern.

Er liegt unter Trümmern. Er schluckt den Staub eingefallener Häuser, rote Ziegel fallen auf ihn herab. Fensterrahmen stehen wie Friedhofskreuze in der Luft. Namenlos sind für ihn die Nachbarn, seit er mit Rosalinde in der Stadt wohnt. Einzelteile ehemaliger Körper, Köpfe, Arme, Beine, Geschlechtsteile liegen wie moderne, entfremdete Kunstwerke herum. Angerußte Haare fallen über ihn. Kein Arzt ist da, Rettung wird aus dem Wortschatz radiert. Strahlen fressen sich ein in die Gedärme Herumirrender. Zartes Grün wird nicht mehr wahrgenommen. Verlorenheit liegt über der Landschaft.

Ich werde Endzeitmusik komponieren. Wer wird sie hören? Die, die in den letzten Zügen liegen, sich herumquälen? Oder wird ein neuer Mensch aus dieser öden Verlorenheit hervorgehen. Mein Herz rast. Ich muß es versuchen.

III

Er sitzt an der Ecke des langen Holztisches. Seine angewin-
kelten Arme wirken breit und von ausdauernder Behäbig-
keit.

1.

Er hebt den Klavierdeckel und lauscht. Aber er hört nur
Tellergeklapper.
»Weshalb essen wir schon wieder?«
Rosalinde sieht ihn an: »Nichts mehr zu rettcn. Wir gehen
auseinander.« Sie streckt provozierend ihren Bauch vor.
»Als wäre ich im sechsten Monat!«
Johannes zieht den Kopf ein. Nur das nicht. Sie lehnt
Kinder ab, kann nichts mit ihnen anfangen, wird aggressiv,
wird sie von einem Kind auch nur berührt. Sollte sie ihm
einen Streich gespielt haben? Keine Pille genommen, ihn
reingelegt haben? Ober will sie ihn reizen?
Sie müßte schon all ihre Lockmittel abspulen, bis er seinen
Schwellkörper zucken fühlt. Er hält andere Bilder im Kopf
fest, während des mechanischen Ablaufs.
Er wandert durch Weinfelder, geht durch die Reihen der
Rebstöcke, sieht, wie die Frauen die rötlichen Weidenäste
zu kleinen Bögen um die jungen Pflanzen spannen und
festbinden. Ein kleiner Junge ist er und läßt sich von ihnen
durch die Reihen jagen. Sie fangen ihn immer, sollen ihn
auch fangen. Sie halten ihn fest, drücken ihn an den warmen
Bauch, streicheln sein Haar. Seine weiche Wange reibt sich
an hartem Leinen. Er gluckst, möchte jetzt wieder so gelöst
glucksen können, von der Großmutter um ihre Hüften
gedreht werden. Sie setzt ihn auf, schubst ihn: Stocksteifer
Bub! Sagt sie lachend. Wer wird in Dir einmal die Erde
lockern, Kind? Mein kleiner störrischer Kerl!

54

Hat sie ihn geliebt? Er kann sie nicht mehr fragen. Großmutter, ich stand vor diesem schrecklichen Holzkasten, und
Du lagst da drin, nichts rührte sich an Dir. Ein abgeschlos-
senes Werk wurde in die Erde versenkt. Ich hatte keine
Tränen. Mit der Zeit vergaß ich Dein Wachsgesicht. Jetzt
springst Du wieder durch die Felder, bist in Blumen eingetaucht.

Die Stube war immer voller Blumensträuße, und die Kinder
scharten sich um Dich. Was brauchtest Du einen Mann. Den
hattest Du vergessen. Er nahm es Dir nicht übel. Ihr lebtet
nebeneinander her, und es war doch ein Miteinander. Sieh
nicht her, Großmutter, schau weg! Ich könnte Deinen be-
dauernden Blick nicht ertragen.

Du übtest mit mir am Klavier, sahst meine Kinderhände
über die Tasten hüpfen. Deine Geduld war grenzenlos.
Mein kleiner Musiker, sagtest Du zärtlich.

Ein verstockter Junge bist Du, wie Dein Vater, sagte die
Mutter.

Ein aufmerksamer höflicher Junge ist der Johannes, sagten
die Nachbarn.

Eigentlich war ihn niemand etwas angegangen. Er hatte
immer Distanz gehalten, nahm nur an sich Anteil, beachtete
nicht die, die ihm vertrauten, ihn liebten.

Ich hätte eine Frau werden sollen. Mutter wollte eine
Tochter. Sie konnte weder mit ihrem Mann noch mit dem
Sohn etwas anfangen.

2.

Rosalindes breites Gesäß auf der Kante des speckigen
Sofas. Ihre kippenden Füße auf den Außenkanten der Schuhe. Angeschwollene Knöchel schlagen gegen den echten
Teppich. Ein Ausverkaufsteppich, vom ersten Gehalt er-
standen. Sie hatte die Stirn gerunzelt: »Ausverkaufsware,
kleinbürgerlicher Knauser! Kannst Du nicht kaufen, was

wir wirklich wollen, ohne auf die Preise zu achten?«

Seine Schulden würden ihn bei Rosalindes Ansprüchen an den Rand des Ruins bringen. Sie geht in die teuersten Boutiquen, spielt die Frau des großen Musikers, kauft mit ungedeckten Schecks, legt ihm die Rechnungen stillschweigend auf den Schreibtisch.

Johannes hämmert in die Tasten, sieht den Teppich unter dem Klavier, auf dem sie sich in den Flitterwochen herumgewälzt haben. Jetzt ist er mit Rotweinflecken und Tinte verschmutzt.

Rosalinde packt ihn von hinten an den Schultern und rüttelt ihn hin und her, greift an seine Kehle, drückt für einen Augenblick zu. Er zieht seinen Kopf blitzschnell nach vorn, schlägt auf die Tasten. Ein schriller Ton, laut und anklagend, hebt an.

»Nein, nein. Ich bin zu feige. So was! Dieses Schweigen bringt mich um den Verstand. Johannes, ich weiß, ich kann Dir nicht das Wasser reichen. Ich verstehe nicht, was Dich bewegt. Aber mich müßtest Du doch verstehen. Johannes, bei Deiner Sensibilität!«

Johannes hebt seinen Kopf im Zeitlupentempo, sieht sie an, erstaunt über ihre Schwäche.

»Meine Güte, Johannes, ich brauche Dich!«

Verblichen sind die Bilder aus dem Album einer glücklichen Erinnerung. »Worte, Worte ... Ich brauche vor allem Ruhe und Konzentration für meine Musik.

Wollte er nicht zu einer Friedensdemonstration gehen, seiner ersten? Weshalb fiel ihm das gerade jetzt ein? Irgend jemand hatte ihn aufgefordert, eine einprägsame Musik zu machen. Wo war der Brief untergegangen?

Anna im Fernsehen. Anna auf einer Wiese. Anna an einem hölzernen Rednerpult, umringt von einem Kranz Prominenter. Lachhaft!

Er hatte das Ganze lachhaft empfunden.

Annas voller Einsatz. Seine Bewunderung, seine Wut. Sie

kann es nicht lassen. Junge Männer halten ihre Hand, umarmen sie.

Diese Frau ist unmöglich, hatte Rosalinde gesagt. Noch nach Jahren umgibst Du sie mit Schweigen. Sie soll für Dich unantastbar bleiben. Das sagt mir mehr als Worte. Du warst einer unter vielen, Du Dummkopf!

Sei still, Rosalinde, das war in einem anderen Leben. Ich habe Dir schon damals gesagt, sie bedeutet mir nichts mehr. Aber sie hat recht. Ich, Johannes, bin eine einzige Lüge.

»Rosalinde, wir belügen uns doch alle. Dich habe ich angelogen wie Du mich. Ich wollte sie, die geträumte große Liebe. Ich habe sie mir mit Dir eingeredet. Diese falschen Spiele, die wir spielen bis der Film reißt. Ich beginne, mich zu begreifen. Dieses Wort »Liebe« ist ein leeres Wort. Ich werde nie fähig sein, eine Frau zu lieben. Ich werde nur meine Musik lieben, werde nur in ihr glücklich sein können.«

Rosalinde geht aufgescheucht durch das Zimmer, sieht sich um, sieht das scheußliche alte Büfett, an dem Johannes hängt, reißt die gehäkelten Decken seiner Großmutter herunter, dreht die alten Stühle, bis sie umfallen.

Ihr Jubel damals: Wir haben eine Wohnung, eine Wohnung! Wir sind ein Paar, wir sind ein Paar! Nimm mich hoch, schnell, dreh Dich mit mir, laß mich schwindlig werden, trage mich über die Schwelle, auch ohne Brautkleid.

Johannes sieht ihren schweren Körper, ihre flatternde Erregtheit. Kein sanfter Schneeflockengruß, keine zarte Berührung. Matsch hatte vor der Tür gelegen, und er trug Gummistiefel. Eine Schwelle zu überspringen, war er nie fähig gewesen. Es blieb immer nur ein Versuch.

Der Ring, wie er glitzert! Er hatte Rosalinde den Ring gekauft, ohne zu überlegen. Er wußte um seine Klischeevorstellung, ein »Herr« sein zu wollen, spendabel und gebebereit. Er hatte den Ring an ihren derben kurzen Ringfinger gesteckt, und da sitzt er nun wie ein eingeschlagener

Nagel. Auch heute noch versucht sie ihn stolz zu drehen, vergeblich.

Wenn er sie in die Boutiquen begleitet, sitzt er verschüchtert in einer Ecke, fühlt sich elend, bekommt jedes Mal einen Brechreiz. Rosalinde nimmt sich Zeit, probiert Kleider an, die nicht zu ihr passen. Und er sagt geduldig, mit mechanisch ablaufender Stimme: Du sieht wunderbar aus. Das steht Dir besonders gut.

Er hatte ihr sein Konto überlassen. Sie kümmert sich um Miete, Versicherung, die laufenden Kosten. Und sie gibt das Geld aus bis auf den letzten Pfennig. Nicht fähig, sich selber zu schenken, schenkt er her, was er besitzt.

Verschwender, hätte ihn sein Vater genannt.

Aber der liegt unter der Erde, und seine Mutter geht auf einem Feld spazieren, das er noch nie betreten hat.

Er war in Rosalinde eingetaucht in dem Glauben, sie wäre wichtiger als seine Musik, bis Rosalinde ihn mit seiner Musik zu verhöhnen begann.

3.

Dem dicken Hans hatte er von Rosalinde erzählt, wie sie ihre Emotionen nicht bändigen, er sich dagegen nicht zu wehren imstande war.

Mit seiner kleinen roten Zunge hatte sich Hans genüßlich die feuchten Lippen geleckt: Zu mir würde sie besser passen als zu Dir, Johannes. Ich bin grob und ungeschliffen. Rosalinde will genommen werden. Sie will den Mann mit einer nie endenden Fleischeslust. Du machst viel zu viele Umstände mir ihr. Sie wird Dich fertigmachen wie Deine Vorgänger. Johannes, der Hans genauso ablehnt wie Rosalinde, sich den beiden jedoch nicht entziehen kann, mußte zugeben: Sie stimmen, Deine Voraussagen, Hans. Nimm sie Dir! Sie war für mich nur eine Stufe, ich muß weitergehen, wenn ich meine Musik retten will.

Und Hans hatte sich lachend auf die feisten Schenkel geklopft: Du kannst sogar realistisch denken! Musik und Ruhm sind doch größere Lockmittel als Rosalinde. Du wirst es schaffen. Nur, Rosalinde würde ich davon nichts erzählen.

Daß er in die Anstalt wollte, das konnte er Hans nicht sagen. Er würde es Rosalinde sofort verraten.

Und auch er wird ihr ausgeliefert sein, mit Haut und Haar - mit Haut und Haar ... Oder, wird Hans ihre Endstation sein?

Die vom Wein geröteten Äuglein von Hans blitzen. Ich habe Dich immer bewundert, Johannes, war stolz auf Dich. Aber Deine Träume sind einfach nicht meine Träume. Ich träume von Autos, Glücksautomaten, von aufblasbaren Brüsten. Dann kichert er: Rosalindes kleine Ballons aufblasen ... und er spitzt die aufgeworfenen Lippen. Ein kleines Rinnsal Speichel läuft am Mundwinkel entlang.

Und während Johannes gegen seinen Brechreiz ankämpft, fragt Hans: Ihr Schweiß, nicht wahr, der riecht nach Geschling, in das man sich verfangen möchte ...

Die Schweinsäuglein drehen weg.

Johannes sieht nur noch das Weiß mit den geplatzten roten Äderchen. Er nickt, würgt, nickt.

Hans, mit dem Instinkt für Rosalinde und der Fähigkeit, die Zukunft zu prophezeien, dieser Hans, der vor Glücksautomaten hockt und die aufzuckenden Lichter in sich eindringen läßt, dessen Augen vor Freude über den Gewinn wie die Automatenlämpchen aufleuchten, dieser Hans wäre der Partner für Rosalinde, ja!

Deine Musik ist Klasse, Johannes. Und die muß für Dich wichtiger sein als alles andere.

Und dabei versteht dieser Hans nichts von seiner Musik, von den hüpfenden Noten, die mich umkreisen, sich recken und strecken, sich ängstigen, ermattet umfallen, da sie nicht geordnet, geformt werden.

Und er erzählt dem spielenden Hans seine Träume: Ich

morde jede Nacht, morde meine Mutter in immer anderen Versionen. Dünnes klebriges Haar an der Kopfhaut, aus den Kleidern dampft säuerlicher Geruch.

Hat sich meine Mutter je in meinem Vater verfangen? Hat sie sich mit ihm auf den Teppich ihrer Wünsche gesetzt, um mit ihm jubelnd davonzufliegen?

Ist Deine Mutter in Deinem Gedächtnis festgehakt? Hast Du diesen Frosch im Hals ausgespuckt, Hans?

Ich habe diesen Frosch Rosalinde beim Küssen in den Mund geschoben. Sie ist nicht daran erstickt, sie hat ihn heruntergeschluckt. Sie schluckt alles, scheidet aus, belastet sich mit nichts. Was sie besitzen will, das bekommt sie immer.

Krake, lacht Hans, so machen es die Kraken.

Wenn ich Rosalinde meine Träume erzähle, hört sie mit geöffnetem Mund staunend zu.

Jede Frau, die mich berührt, vernichte ich - vergifte ihre Eingeweide - reiße Autotüren auf und werfe sie hinaus - schieße sie nieder wie Du die Pistolenmännchen in den Automaten. Liegen sie tot auf dem Pflaster, schieße ich weiter wie im Rausch. Ein herabstoßender Raubvogel bringt mich zur Besinnung, ich halte ein, sehe rote Flüssigkeit auslaufen und verkrusten.

Rosalinde klatscht dann begeistert in die Hände: Was Du Dir alles ausdenkst! Ich brauche kein Kino, kein Fernsehen mehr. Setze Dich ans Klavier und mach die Musik dazu!

Blöd, seine Träume zu erzählen, Johannes. Jeder hat sein Träume, auch ich, auch Rosalinde. Aber sie erzählen ... Vor Deiner Vertrauensseligkeit könnte man fast Angst bekommen.

4.

Johannes hält das Kündigungsschreiben in der Hand. Er wäre nicht mehr tragbar. Er würde die Schüler mit seinen

60

Träumen negativ beeinflussen, seine Kompositionen würden nur Depressionen bei ihnen hervorrufen. Er solle seine Musik besser einem gefestigten Publikum vorführen.

Rosalindes Entsetzen: Johannes arbeitslos!

»Ich will mich nicht einschränken, nicht meinen Lebensstandard ändern. Jetzt hast Du Zeit, die Musik für den Sience-Fiktion-Film fertigzumachen. Das Fernsehen zahlt gut!« Er hört nicht hin.

»Hänge nicht herum, tue endlich etwas! Ich gehe ja auch jeden Morgen aus dem Haus, sitze an der Kasse im Supermarkt und tippe Zahlen. Was seid ihr Männer doch für Schlappschwänze geworden!«

Keiferei wird zur Morgenmusik.

»Du willst gehätschelt werden. Aber Du bist nicht Mamas Liebling.«

Johannes hält sich die Ohren zu.

Todeskerzen flackern. Wie ein Irrlicht huscht Anna durch das Labyrinth dieser Kerzen. Ihr Gang ist immer noch aufrecht.

Er hätte Rosalinde antworten können. Damals warst Du stolz gewesen, einen Künstler zu heiraten. Ich verdiene genug für uns beide, komponiere, Johannes, schaffe ein Werk! Ich will Dich groß, will Dich berühmt sehen!

Vor dem Spiegel hatte sie die Frau des berühmten Künstlers probiert. Sie hatten über die Szene gelacht.

»Meine Saskia« hatte er sie genannt und an Rembrandt gedacht. Ohne ein Wort hatte er ihren gärenden Leib gegriffen, sie vor den Spiegel gezogen. Mit vier nackten Füßen wären sie fast in ihre Verdoppelung hineingetreten.

Im Nachhinein sieht er das gewesene Paar in einem trüben Spiegel, auf dem sich Flecken und Sprünge ausbreiten. Schweiß bricht aus, läuft an seinem Körper entlang, ein anderer Schweiß als nach dem Abfallen von Rosalinde.

Vollgesaugter Blutegel, der ich war, gesättigt, aber nicht befriedigt. Ich war ihr Schüler und übte geduldig.

Du lernst schnell und willig. Frigidität und Scham habe ich Dir ausgetrieben. Du bist Klasse!

Er hatte sie getäuscht, wie sich selbst auch.

Fett ist er geworden und wird Hans immer ähnlicher.

Er wird alles durchschneiden, was ihn beherrscht, sich mit ihm eingesuhlt hat in den Koben freßgieriger Tiere.

Sollte er ins Funkhaus fahren und die Auftragsmusik abliefern? Sie liegt in der Schublade.

5.

Johannes setzt sich ans Klavier, improvisiert, vergißt das Umfeld, durchlebt mit seinen Tönen ein andere Dimension von Zeit und Raum. In meiner Musik werde ich geborgen sein, werde nicht verlorengehen, werde mich finden wie als Kind ...

Der kleine Teich im Winter, nahe am Wald, weit vom elterlichen Haus entfernt. Noch vor der Schule schlich er sich dorthin. Seine breiten Füße in den zu engen Schuhen flitzten über das Eis. Seine Schwerfälligkeit fiel von ihm ab, leicht glitt er dahin, und sein Jungenkörper vibrierte vor Glückseligkeit. Das krachende Eis beunruhigte ihn nicht. Er sprach mit den Seeungeheuern, die aus der Eisdecke herauszuragen schienen. Das noch einmal erleben dürfen! Schon damals hatte ihn seine Musik mit dem Drang nach Gleichklang, Disharmonie und Glockenläuten mit der Wucht einer Welle umspült, ihn mitgerissen, und er war zur Großmutter an das verstimmte Klavier gelaufen. Sie hatte das Kartoffelmesser fallenlassen, hatte ihm zugehört, wie er loshämmerte, sich verausgabte, besessen von der Melodie in ihm, die er loszuwerden versuchte.

Aus Dir wird etwas, mein Kleiner! Ihr großmütterlicher Stolz setzte sich in ihren gestrichelten Runzeln ab, glättete sie für Sekunden zu einer sanften, schimmernden Fläche.

Johannes versucht, sich Großmutter als verlegenes junges Mädchen vorzustellen. Auf dem Foto hat sie langes, durchwühltes Haar.

Er spielt seine Musik für das Funkhaus noch einmal durch, sieht sich im Paternoster hochfahren, durch die Flure schleichen, hört seinen Herzschlag, spürt seine Angst, sich diesem arroganten Redakteur stellen zu müssen.

Der Redakteur hört sich das mitgebrachte Tonband an.

Johannes hört mit und ist von seiner Musik fasziniert.

Die habe ich komponiert?

Er sieht sich wie eine fremde Person, sieht das gelangweilte Gesicht des Redakteurs. Der Redakteur nimmt eine Nagelschere und reinigt seine Nägel, versucht, sich zu entschuldigen: Meine Zeit, wissen Sie ...

Johannes schreit in das gleichgültige Gesicht: Geben Sie mir das Tonband! Sie verstehen nichts, sie verstehen nichts von meiner Musik!

Beruhigen Sie sich doch. Ich überlege, für welchen Film sie geeignet wäre. Für den Sience-Fiktion-Film nicht!

Johannes hört sich sagen: Über sanft gewellten Wüstensand oder über Steppen soll meine Musik züngeln, über ausgehöhlte Vulkanerde oder über Geröll zucken.

Der Regisseur muß sehen, lauschen können, muß meine Musik in sich eindringen lassen.

Ich warte, bis ein solcher Film vorliegt.

Der Redakteur erhebt sich vor Johannes, sieht ihn mitleidig, sich seiner Macht bewußt an: Junger Mann, Sie müssen Geduld haben! Ich entscheide nicht alleine. Wir sind ein Apparat, und ich bin ein kleines Glied in der Kette.

Was geht mich Ihr Apparat an. Es geht um mein Leben, meinen Tod, meine Geburt. Immer noch bin ich unfähig, mich zu verströmen, bin gehemmt und muß mich erst besaufen, um zu spüren, was in mir leben will.

Hören Sie, meine Musik wird aussagen, was Worte nicht können. Wären Sie Anna, würden Sie meine Musik begreifen. Junger Mann, was reden Sie da! Sie wollen eine Komposition verkaufen. Das Ganze ist ein Geschäft, und Sie scheinen vom Geschäft nichts zu verstehen. Sie faseln von einer Anna, die ich nicht kenne, von Ihrer Geburt und so weiter. Lassen Sie das Tondband hier, wir werden es prüfen!

Nein, nein! Geben Sie mir mein Tonband. Ich bin kein Bettler. Ich habe Einmaliges geschaffen. Das ist Kunst, wenn Sie überhaupt wissen, was Kunst ist.

Meine Frau wird mich auslachen, mich wie Sie unrealistisch nennen. Ich biete Ihnen eine neue Musik an, und ich lasse sie nicht mit Massenware vergleichen. Sie scheinen geniale Musik nicht einmal im Ansatz zu erkennen.

Dieser vollklimatisierte Raum tötet Ihre Fantasie, tötet alle menschlichen Regungen.

Johannes fällt mit den Ellenbogen auf die Tasten. Die Wucht der Töne schreckt ihn hoch, verdeutlicht ihm seine Zerrissenheit.

6.

Johannes klappt den Deckel des Klavieres energisch zu, verachtet seine Fantasie und ist innerlich überzeugt, so und nicht anders wird seine Begegnung mit dem Redakteur ausfallen. Widerwillig wirft er Tonband und Noten in die lederne Hängetasche, verläßt die Wohnung, setzt sich ins Auto, sagt sich immer den gleichen Satz vor: »Meine Musik gehört mir, mir allein!

Der glänzende Flur im Funkhaus. Johannes läuft nicht, er versucht zu rutschen, schliddert, knallt gegen eine Bank, gegen die Tür, fällt hin und bleibt liegen. Das habe ich nun davon. Die Tür wird gegen ihn geschoben, geöffnet.

»Was ist denn hier los? Wer sind Sie?«

»Ich bin Johannes K.«, antwortet er immer noch liegend, den Redakteur mit aufgestützten Armen ansehend.

»Ich wollte Ihnen meine Komposition bringen. Ich bin ausgerutscht.«

»Das sehe ich. Stehen Sie auf und kommen Sie rein!«

Auf dem Tisch des Redakteurs sieht Johannes ein offenes Nageletui liegen und triumphiert innerlich. Nur das Aussehen des Redakteurs unterscheidet sich von seinem imaginären Redakteur, ist von einer mitleiderregenden Ausdruckslosigkeit. Hängende Wangen in einem alternden Gesicht, eine zu kleine, schwarzumrandete Brille auf einer roten Nase. Darüber hinweg sehen ihn winzige, farblose Augen heuchlerisch-freundlich mit dem Anflug von Verachtung über seine Tölpelhaftigkeit an. Er scheint diese Auftritte verstörter junger Komponisten zu kennen.

Er zeigt auf ein bereitstehendes Tonbandgerät: »Legen Sie auf! Sie wissen ja damit umzugehen«, holt wirklich den Nagelreiniger aus dem Etui und zieht ihn durch die Ränder seiner Fingernägel.

»Meine Zeit, junger Mann, meine kostbare Zeit.«

Und meine kostbare Zeit? Denkt Johannes. Ich bekomme sie nicht bezahlt, bin in keiner Krankenversicherung mehr. Seit der Entlassung muß ich mich bei Rosalinde mitversichern lassen.

Seine Hände zittern beim Auflegen des Tonbandes. Er sieht das Band schlingern, auseinanderfallen. Luftschlangen bilden, möchte sie um den Hals des Redakteurs legen, zuziehen. Er kann seine Träume nicht mehr von der Wirklichkeit unterscheiden.

Die ersten Töne sind meditative Schwingung.

Der Redakteur reagiert nicht.

Johannes wagt es, sich zu setzen, seine Musik mitzuhören, ist begeistert, lodert, möchte dem Redakteur um den Hals fallen, ihm sagen ...

Aber er schweigt.

Diesen schlaffen Typ wird nichts mehr begeistern. Er möchte ihm ins Gesicht brüllen: Weshalb lassen Sie sich nicht begraben? Sie werden zu stinken anfangen. An Leichengift will ich mich nicht infizieren.

Er faßt in sein Gesicht aus Furcht, seinem Spiegelbild gegenüberzusitzen.

Er sieht diesen Redakteur nicht mehr als lebendes Gegenüber und will doch, daß er lebendig ist.

»Sie hören nichts mehr, nicht wahr? Sie sind taub geworden. Ich sage Ihnen, diese Musik wird bald über alle Sender laufen, dann, dann, wenn ich eingewiesen bin. Kommt diese Musik aus einer Nervenheilanstalt, hat sie einen Aufhänger. Dann ist sie ein Knüller.

Unsummen werdet Ihr für meine Musik bieten. Unsummen. Rosalinde wird mich für unmündig erklären lassen und diese Unsummen kassieren. Sie wird sich dann alles leisten können, wovon sie träumt.

Aber eine Leiche kann nicht träumen, ist unfähig, Musik aufzunehmen.«

»Junger Mann, was für Ausbrüche! Sie reden von einer Nervenheilanstalt. Vielleicht gehören Sie wirklich dort hin, so, wie Sie reden. Durchgedreht sind alle, die hier aufkreuzen, aber so exaltiert wie Sie war noch keiner. Vielleicht haben Sie sogar recht: Lassen Sie sich einweisen, machen Sie ein Geschäft daraus. Das wäre normal, normal im wahrsten Sinne des Wortes.«

»Der Herr Redakteur ist erwacht. Weshalb muß ich erst schreien? Sie wissen um die Prostitution in der Kunst. Sie verachten uns. Sie spielen alle Spiele mit, nicht wahr? Sie unbestechlicher Angestellter einer öffentlichen Anstalt.«

»Beruhigen Sie sich, junger Mann, so beruhigen Sie sich doch! Wir sind vollgestopft mit angeblicher Kunst. Sie können sich schlecht verkaufen. Heute zählt nur die Fähigkeit, sich verkaufen zu können. Qualität ist Nebenerscheinung geworden.«

»Ich, Johannes K., will Qualität einbringen. Ich will Idealist sein, ich habe ein Recht darauf, Idealist zu sein.«

»Armer Irrer! Und was haben Sie davon? Sie werden sich anpassen, schneller, als Sie denken, glauben Sie mir! Und Sie werden wiederkommen, Johannes K., ganz klein werden Sie wiederkommen. Und wenn Sie dann groß herauskommen, dann werde ich Ihnen ein Glas Sekt anbieten. Flaschen stehen immer parat ...

Wollen Sie eine Tasse Kaffe?«

»Trinken Sie Ihren Kaffee alleine, schaben Sie weiter Ihre Fingernägel aus, behandeln Sie den Anfänger wie den letzten Dreck. Eines Tages werde ich Sie wie den letzten Dreck behandeln.«

»Wir kommen uns näher. So läuft das Spiel, so und nicht anders. Jeder spielt seine Rolle zur richtigen Zeit.

Sie haben eine Frau, nicht wahr, Johannes K.? Und die stellt Ansprüche. Weinen die Kinderchen? Die haben ebenfalls Ansprüche an Sie.

Sehen Sie, Johannes K., Sie sind gezwungen, Zugeständnisse zu machen. Und wenn wir sagen, diese Musik können wir so nicht verwenden, wissen wir, wovon wir reden. Die Hörer wünschen aufpeitschende Musik, meditieren können die Leute in der Kirche. Auf ihren Stühlen müssen die Zuschauer herumrutschen. Schließlich soll die Musik das Salz für einen Sience-Fiktion-Film sein.

Noch ist der rauchende Pilz für die im weichen Sessel Sitzenden ungefährlich. Es sieht hinreißend aus, wie er langsam aufsteigt. Seine tödlichen Strahlen fallen wie unsichtbare Feuerwerksbündel herab. Die zerfressenen Monster sehen furchterregend aus. Aber, im weichen Sessel sitzend wissen alle: Da waren gute Maskenbildner am Werk.

Nun frage ich Sie: Wer sind die Monster? Die Macher, die Schauspieler oder die, die das Spektakel genießen?

Und Sie sollen mit der Begleitmusik den Kitzel des Grauens und Schreckens erhöhen, mit aufregenden Tönen untermalen.«

Johannes erhebt sich bedächtig, steht ganz gerade: »Das also ist Ihre Vorstellung von Endzeitmusik? Das hätte ich mir denken können. Aber bei meiner Musik wird jedes Körnchen Erde in schillernden Farben zu singen beginnen, erzählen, wie willig sie immer war, als blühendes Feld Früchte zu tragen und die Gaben für die Menschen auszubreiten. Die Erde nimmt und schluckt nicht für alle Zeit das eingeimpfte Gift genauso wenig wie Sie und ich, wenn ...« Johannes bricht ab, wird sich bewußt, daß der Redakteur kein imaginäres Wesen ist, sondern real. Er taucht in sich ein und redet mehr zu sich ...

Endzeitmusik, meine Endzeitmusik soll in die Hörer einfließen und ihnen Frieden bringen. Wir sind ein einziges Schlachtfeld voller Leichen. Anna ist die Fahnenträgerin, schwenkt die Trikolore für die Friedensbewegung. Wie viele Frauen ist sie eine Kämpferin ohne Schwert und Fackel.

Anna wird gekreuzigt werden wie ihre Schwestern ...

»Geben Sie mir das Tonband zurück! Meine Musik soll keine Untermalung sein, sie soll für sich stehen.«

Der Redakteur zeigt mit dem gereinigten Zeigefinger auf das Tonbandgerät, untermalt die Geste, Johannes solle sich sein Band nehmen, zuckt die Achseln, sieht Johannes mitleidig hinterher, der nicht gebückt, sondern aufrecht das Zimmer verläßt.

7.

Das schweigsame Mahl.

Rosalinde schlingt, nimmt mit ihren Händen die knochenharten Pommes frites. Dann greift sie die beiden Teller mit den Fettresten und geht zur Tür, bleibt stehen, dreht sich hüftschwer und herausfordernd in lässiger Trägheit um, läßt ganz langsam erst den einen, dann den anderen Teller vor ihre Füße fallen.

Theater, ewiges Theater, denkt Johannes und beobachtet sich, wie leicht es ihm fällt, nur zu registrieren.

Von Anfang an habe ich ihre Auftritte entschuldigt wie die meiner Mutter. Frieden begehrte ich und habe mir eine heile Welt vorgegaukelt.

»Wenn Du schon nicht abwäschst, dann geh an Dein verdammtes Klavier, komponiere endlich die in Auftrag gegebene Musik und bringe sie ins Funkhaus.«

Johannes schweigt, erzählt nicht von seinem Besuch, von seinem Erfolg. Für Rosalinde wäre es ein Mißerfolg gewesen. Sie würde ihn ...

Ja, er sollte es ihr doch sagen. Dann käme sie selber auf die Idee, ihn in eine Anstalt einweisen zu lassen.

Überlege, Johannes, überlege. Lasse sie reden und überlege!

»Du antwortest mir nicht. Wie leicht Du es Dir machst. Johannes, Du kannst nicht alles, was uns verbindet, vergessen wollen, es ausmerzen und schweigen.«

Johannes hört das Ticken der Großmutteruhr. Gleichmäßig und ruhig. Er zählt die Schläge der vollen Stunde und spürt die Resonanz in sich.

»Du bist ein Verweigerer, schon als wir uns kennenlernten. Ich habe Dich aufgeharkt. Alles wollte ich Dir sein, alles. Es ist die Musik, die Dich mir entfremdet, und ich kann nichts dafür, wenn ich keinen Zugang zu Deiner Musik finde. Sie macht mich hilflos, sie macht mir Angst.

Weißt Du noch, was Du mir versprochen hast? Für Dich Rosalinde will, werde ich berühmt werden. Dann wirst Du alles bekommen meine Prinzessin. Und ich, die Realistin, habe mich einlullen lassen. So vernarrt war ich in Dich.«

Immer die gleichen Vorwürfe. Ich hatte geglaubt, Du würdest mit meiner Künstlerseele empfinden - Dich einfühlen. Ruhm ist kein fliegender Luftballon, den man einfach herunterholen kann. Rosalinde, ich kann nicht komponieren ohne den Zuspruch von Gleichgesinnten. Du warst für mich wichtig. Ich bin in Deinen Schoß gefallen wie als Kind in die dunkelste Ecke der Scheune, habe unter dem Fenster gelegen, das voller Spinnennetze war, die zu glühen anfingen wie kleine rote Drähte, schien die Sonne in ihrer mütterlichen Wärme hindurch. Gegen die Kälte, die mich schüttelte, drückte ich alle Glieder in den eigenen Körper hinein, begann, meine Gänsehaut zu lecken.

Er dachte es, er dachte es nur.

»Johannes, wir Frauen sind nicht mehr Verlierer, wollen sie nie mehr sein.«

Er sieht Rosalinde an und schweigt, bleibt seinem Grundsatz treu.

Fetzengedanken in ihm, Fassungslosigkeit. Wieweit er sich von dem Menschen entfernt hat, mit dem er glaubte, gemeinsam mit seiner Musik in einer Wellenbewegung ohne Stürme leben zu können.

»Ich erreiche Dich nicht mehr, Johannes. Dränge ich mich an Deinen kalten Körper, erstarrst Du wie ein Leichnam, den mein hitziges Blut nicht beleben kann.«

Johannes schweigt.

»Wie eine Achtzehnjährige bin ich auf Dich hereingefallen. Anstatt mich zu emanzipieren, gefalle ich mir immer noch in der Rolle des Weibchens. Wie wilder Wein habe ich mich um Dich gerankt, wollte Dir Halt und Kraft geben.«

Rosalinde hat es also auch gespürt!

»Du hast es eher gemerkt als ich und hast Dich in Dein Schneckenhaus zurückgezogen. Und ich, die in ihren Sinnen wütende Rosalinde, muß mir nun eingestehen: Er ist nicht anders als meine drei verstorbenen Männer. Kamen sie vom Büro nach Hause, zogen sie ihre Pantoffeln an, warfen sich in den Sessel und schwiegen wie Gräber, an denen man sich nicht zu vergreifen hatte. Ein Künstler wäre anders, hatte ich mir eingebildet. Er würde mit mir Gipfel erstcigen, mich in die Lüfte werfen und behutsam auffangen, wie einen kostbaren Mantel in seinen Armen halten.«

Johannes schweigt.

»Was bin ich jetzt für Dich, Johannes? Ein lästiges Weib, unförmig und träge? Du verachtest mich und wagst nicht, es auszusprechen. Du hast die Wunschfrau in mir gesehen, die Dich umhegt, auf leisen Solen durchs Zimmer schleicht und andächtig den aufkeimenden Tönen lauscht. Und ich habe das Bild, das ich mir von Dir machte, auf Dich gelegt und wollte es abpausen.«

Johannes schweigt.

»Oder, gondelt Anna vor Deinen Augen? Anna, die so anders ist als ich?«

Gondelt - Anna ...

Anna war irgendwann in Venedig. Er sieht sie in einer Gondel auf dem Canal Grande, dieser stinkenden Kloake. Sie ist umgeben von schwarzen Masken, schwarzen Baretten, weißen langen Nasen. Anna steigt aus der Gondel aus, geht aufrecht auf den Markusplatz zu. Über ihr Konfettiregen und das Gegurre der ewig hungrigen Tauben.

»Sieh mich an und nicht durch mich hindurch wie ein betrunkener Bauer, der seine Schläge erwartet!«

Johannes nimmt auch diese Provokation nicht an, will sich diesen Auftritten nie mehr aussetzen. Er wird die Frauen ausstechen, erstechen, der Stärkere sein .... über die Mutter, über Rosalinde triumphieren.

Er hört Rosalinde in der Küche wüten, dann Stille.

Sie hat sich abreagiert, fällt zusammen, weint vor sich hin.

Krise sagt man, Künstler haben ihre Krisen.

Wie soll ich mit ihm umgehen?

Er wird zu schwer auf meinem Schoß.

Du mußt von ihm abrücken, ihm Luft lassen, sagt meine Mutter.

Und meine Mutter ist eine kluge Frau.

Ich sehe sie in ihrem Bett, ihr Gesicht ist weiß. Sie stirbt, wie meine drei Männer.

71

Johannes stirbt einen anderen Tod. Schon jetzt geht er auf dunkle Friedhöfe. Ich mag keine Traurigkeit, keine Totenmessen. Ich möchte lachen, möchte die Hände in meine derben Hüften stemmen und tanzen. Ich will Augenaufschläge riskieren und lahme Männer anmachen, will mein Recht fordern.

Entwickle ich mich zu einer emanzipierten Frau?

Früher hatte mich Johannes bewundernd »meine Muse« genannt. Das mich einst beglückende Wort flößt mir heute Grauen ein.

Jetzt sieht mich Johannes so an, als wollte er sagen: Töte mich! Ich will nicht mehr leben!

Soll ich ihm den Gefallen tun?

Oder: Sollte man ihn in eine Anstalt einweisen lassen?

8.

Seine Hände beben. Johannes sieht jeden einzelnen Finger auf die Tasten fallen, sich krümmen, sich strecken, sich verirren.

Das breite Band seiner Armbanduhr drückt gegen den Puls. Er reißt das Hemd am Hals auf, ein Knopf springt ab. Johannes sieht die Spiegelung seiner hüpfenden Finger im schwarzen Lack des Klavieres. Er nimmt den durchtrennten Oberkörper wahr, losgelöst vom Kopf, vom Bauch, vom Geschlechtsteil ... zerhackt. Seine zerhackte Musik - sein zerhackter Körper.

Großmutter schreit es in ihm, Großmutter!

Dein nachsichtiges, mildes Lächeln für all meine Jungenstreiche.

Graues, glänzendes Haar, zu einem Knoten geschlungen, Strenge vortäuschend, Metapher unausgelebter Wünsche.

Johannes läßt die Tasten los, spürt das Vibrieren der letzten Töne in den Lenden, im Kopf nachklingen, lauscht, ruht aus.

Die Erinnerung schwemmt sein Kinderspielzeug an: Knöpfe, Holzfrauen und Puppen ...

In Seide und Brokat erschuf er sich seine Prinzessinnen.

Das böse Lachen der Mutter: Ein Junge, der mit Puppen spielt! Geh in die Scheune damit!

Und er ging zu den Tieren, zeigte ihnen die prächtig gekleideten Frauen und bildete sich ein, ihre blöden Blicke drückten Bewunderung für ihn aus.

Der Vater hatte ihn einmal beobachtet, als er seine Prinzessin an das Riesenauge der Kuh hielt und flüsterte:

Sieht Du, sie schillert, sie glänzt, diese Frau in Silber und Blau, Blau- und Silberfarben, die Musik werden müßten ... nur, ich habe kein eigenes Klavier ...

Junge, Du bekommt Dein Klavier. Ich sorge dafür ...

Und er sieht das Teufelshaar seiner Mutter, das lichterloh zu brennen schien: Seid Ihr größenwahnsinnig geworden ... Ihr beiden ... Unsere kleinen Räume und ein Klavier! ... Was braucht der Tölpel ein Klavier!

Das Klavier stand später in der Bodenkammer. Sein Vater brachte ihm die Anfänge bei. Sie spielten vierhändig, bis die Mutter schrie: Aufhören mit dem Lärm!

Zum ersten Mal wird er sich bewußt, wie sehr Rosalinde der Mutter ähnelt, er nicht mehr unterscheiden kann, wer die Mutter, wer Rosalinde ist.

Habe ich mir die Mutter zur Ehefrau genommen?

Will ich meine Leiden aus der Kindheit wiederholen?

Als Kind habe ich meine Tränen hinter den kleinen roten Blüten versteckt, spielte den Clown, zeigte mit dem Finger auf die Eiterbeulen und warnte. Faßt mich nicht an! Ich bin unberührbar! Lacht über mich, es stört mich nicht, ich lache mit.

Großmutter hatte sich den fülligen Leib gehalten, wenn ich ihr meine Späße vorführte, meine Ohren langzog, meine Zunge bis zur Nasenspitze führte, den Mund wie ein ewig Hungriger aufsperrte.

Und ich lief in ihre für mich ausgebreiteten Arme und wurde ganz still, sagte kein Wort.

Auch sie hat geschwiegen.

Wir haben uns angesehen. Einverständnis.

Großmutter, Du würdest es verstehen und sagen: Du machst es richtig. Lasse Dich einweisen, wenn Du keine andere Möglichkeit siehst, Dich und Deine Musik zu retten.

Es jubelt in ihm. Er hört seinen Vater alle Register der Orgel ziehen, das Jubilate spielen, nur für ihn allein bestimmt.

Vater, auch Du nickst: Geh, wenn es sein muß, Sohn! Deine Musik wird auferstehen.

Der Baß des Vaters: Eine feste Burg ist unser Gott.. eine feste Burg ...

Annas Rücken im Weinfeld ...

die Zeit mit Anna.

IV

Anna

1.

Annas Rücken im Weinfeld.

Im Hintergrund die Konturen der Burgruine - klar umrissen, wieder verschwimmend - aus den Baumkronen herausstoßende einzelne Felsen.

Landschaftsbilder aus einer Kindheit, neu wahrgenommen, umgeblätterte, langsam vergilbende Seiten aus Alben. Bilder mit falscher Patina, verwackelt, unscharf in den Konturen, ein Sammelsurium, das ihn nicht aus dieser Zeit der Prägungen entläßt, den betäubenden Riten der Enge, dem festgelegten ländlichen Denken.

Annas Gegensätzlichkeit, ihr wissendes Lachen, ihre ihn lähmende Erfahrung.

Er fühlte sich behindert, war unfähig, sich mitreißen zu lassen. Für ihn war sie die große Welt, die es zu erobern galt.

War er mit Anna zusammen, wurde er zum Knaben, erzählte ihr von den glücklichen Momenten in seinem Dorf: Ich war unter den Kindern der King. Sie hielten Abstand zu mir.

Damals warst Du nicht stolz darauf, hast darunter gelitten, nicht wahr, Johannes?

Anna - Du Wissende.

Er hatte ihr die Pein im Umgang mit seiner Mutter verschwiegen, wollte seine Würgemale vor Anna verbergen.

Sein Leben auf dem Lande verteidigte er vor dieser Frau aus der Stadt. Aber Anna hatte nie überheblich reagiert, nur gesagt: Einen schamvolleren, mit aller Wucht um sich schlagenden Mann habe ich noch nie kennengelernt. Du könntest jemanden umbringen, Johannes!

Ja, Anna. Ich könnte es. Deshalb versuche ich, dieses

Ungezügelte in mir durch meine meditative Musik zu bändigen.

Anna hörte seiner Musik ausdauernd zu, hatte Zugang zu seinen Kompositionen. Sie saß in Großmutters Sessel, streckte die Beine aus, die Arme lagen wie eine Zierleiste auf den Armlehnen, verbreiterten am Ende das auslaufende Muster durch geschlossene Handflächen. Nie spreizte sie ihre Finger. Der Kopf mit dem dunklen Haar war leicht zur Seite geneigt, und in den lauschenden Ohrmuscheln schien sich die Musik wie in Trichtern zu sammeln.

Manchmal kam sie an das Klavier, stellte sich hinter ihn, legte ihre Hand auf seine Schulter.

Wir blickten in das verräucherte Zimmer hincin, denn ungeschriebene Noten setzten sich in den Rauchschwaden ab, nicht greifbar in diesem gelebten Augenblick.

Die Sätze der Rhythmen ertönten immer heftiger. Er schüttelte ihre Hand ab, beugte sich vor und schrieb endlich Noten auf das Papier.

Anna zog sich in den Sessel zurück, machte sich unsichtbar.

Er lehnte ihre Gegenwart ab.

Er brauchte ihre Gegenwart.

Er schickte sie fort.

Anna, wie ein Westernheld habe ich mich aufgeführt, Dich einfach abgeknallt und von Raubvögeln fressen lassen.

Fata Morgana in einer ausgeblichenen Wüste.

Nach dem Wiedersehen mit Anna wäre er fähig gewesen, sich zu öffnen, auszuschütten.

Ihre Abwehr.

Entzug ohne Entzugserscheinung.

Seine Klagen blieben ohne Resonanz.

Und er hatte sich eingebildet, sie würde ihm wieder zur Verfügung stehen.

Ihre glasklare Antwort: Johannes, den wievielten Unfall hast Du hinter Dir? Wann wirst Du als lebende Fackel auf einer unendlichen Straße brennen, verglimmen, auslöschen? Deine Halluzinationen werden Dich einholen, bevor Du sie in Töne umgesetzt hast. Höre auf, irgendeine Frau für Dein Versagen verantwortlich zu machen. Du mußt Dir selber helfen, denn nur Du bist für Dich verantwortlich.

Eines Tages muß jeder erwachsen werden. Die Generation der Söhne ist eine Generation von Säuglingen. Wir haben sie nicht an die Brust gelegt. Trockennahrung war die Devise.

Johannes, Du aber bist ein auf dem Land aufgepäppeltes Nachkriegskind.

Es wird immer Mütter geben, die ihre Pflicht ohne Liebe tun.

Ertaste den Hintergrund!

Jammere nicht!

Ihre Härte setzte ihm zu.

Anna ging vor ihm her, sang ein Lied.

Sein Anspruch an sie - erst jetzt!

2.

Damals hatte er Anna nicht begreifen können. Sie war nur ein Bild gewesen. Jetzt wurde sie greifbar und entfernte sich gleichzeitig, ohne sich nach ihm umzusehen.

Von ihr verachtet zu werden, würde er hinnehmen. Aber ihre Gleichgültigkeit verwundete ihn.

Johannes wußte um seine Schuld.

Er hatte den Graben zwischen sich und Anna gezogen, aus Angst, sich lächerlich zu machen.

Annas Furchtlosigkeit vor der Meinung anderer: Deine Musik ist einmalig, auch wenn sie jetzt noch niemand hören will. Einmal hatte sie ihm ein fast fertiges Chorwerk entwendet und zu einem Experten gebracht. Sie war zurückgekommen, hatte die Notenmappe auf das Klavier gelegt und triumphierend gelacht:

Es ist großartig. Er hat gesagt, es ist großartig, Du mußt es beenden!

Anna, was soll das? Ich will Deine Hilfe nicht. Du führst mir meine Schwäche vor Augen.

Du begriffsstutziger Zweifler ...

Und Ihre Euphorie war versiegt. Er hatte sie zerstört.

Schon der kleine Johannes mußte alles zerstören: Wütend lief er mit seinen Bauklötzen an das Feuer der Holzfäller, warf sie hinein, sah sie mit zusammengebissenen Zähnen verglühen, wollte stark sein wie die breitschultrigen Männer, hielt nicht durch, ließ die Tränen laufen wie jetzt, fühlte sich elend, hundeelend.

Anna hat sich abgewandt.

Anna geht ihren eigenen Weg.

Anna läßt sich nicht beirren.

Anna tritt nicht mehr in sein Labyrinth ein.

Immer noch suchst Du die Stecknadel im Heuhaufen, Johannes. Rosalinde hat Dich aus Deinen Träumen gerissen und in die Wirklichkeit hineingestoßen. Sie ist eine Frau, die Männerkörper erhitzt, Gedanken betäubt.

Eines Tages wirst auch Du flügge werden, auffliegen, Federn lassen, nackt dastehen und endlich Veränderungen annehmen. Deine Musik aber, Johannes, vergiß sie nie!

Schweig, Anna, schweig! Meine Noten stoßen wie fordernde Kinder gegen meine gepanzerte Haut, Totgeburten seit ...

Wie damals lief ich neben Anna her. Ein vorprogrammierter Roboter. Arme rasten ein, rasten aus, fallen wie mit Blei gefüllt am Körper herab, Finger drehen sich krachend in den Gelenken.

Anna, Labsal meiner unruhigen Seele! Nein!

Meine leeren Hände zittern. Ich rauche zu viel. Ich trinke zu viel. Ein alter Mann bin ich und an Jahren jünger als Du.

Schweig Johannes, schweig! Wenn Du Deine Musik verloren hast, dann engagiere Dich in einer sozialen Sache, umkreise nicht nur Dein eigenes Ich. War meine Zeit mit Dir wirklich vergeudet?

Vergeudet? Ja. Anna, Du hast Deine Zeit mit mir vergeudet! Du drängst weg von mir, willst nichts mehr mit mir zu tun haben, bringst Dich mit Begeisterung in die Friedensbewegung ein.

Ja, Johannes, wir bringen uns ein, sind füreinander da, kennen die Sorgen der anderen, es herrscht kein Mißtrauen. Getrennt voneinander wirken wir als Einzelne am Ganzen mit. Wirf Dein Leben nicht weg für Illusionen, lebe Deinen Traum in der Musik aus!

Anna sagte nichts davon, sah mich nur an, schien mich als Johannes nicht wahrzunehmen.

Ich kann immer noch nicht in ihr lesen. Meinen Zeigefinger hätte Anna nehmen, mich von Buchstabe zu Buchstabe führen müssen.

Annas Antwort aus alchimistischen Büchern:

Erwarte in uns Frauen keine Hexen, die hungrig fragen: Zeig her Dein Fingerlein! Ist es schon fest und fleischig? Und es kommt keine liebliche Prinzessin aus fabulierten Märchen, die abgekaute Fingerkuppen mit sanften Lippen berührt. Nicht nur das Wachstum Deiner Nägel, auch das Wachstum Deines Wesens hast Du verhindert, bewußt den Künstler in Dir verstümmelt. Von mir wirst Du nie mehr hören:

Pflege Deine Hände. Mache Deine Finger beweglich. Spiele, komponiere, lasse Dich von dem Strudel mitreißen, schaffe Dein Werk, Johannes!

Meine Antwort hätte lauten müssen: Anna, für diesen Flug brauche ich die Gitter einer Anstalt.

Recht so, Johannes, reihe Dich ein unter die Verrückten, die begriffen haben, was für Kopfmonster die Vernunftmenschen sein können.

3.

Eines Tages werde ich Anna eine Konzertkarte schicken. Sie wird neben mir in der ersten Reihe sitzen, mir zuflüstern: Jetzt bist Du über Dich hinausgewachsen. Du hast das Wesentliche in Dir in Musik umgesetzt.

In der Pause wird Anna den Konzertsaal verlassen, mir den Rücken zuwenden. Ich werde ihr nicht folgen. Ich werde ihr keine Zigarette anzünden. Ich werde mir von ihr nicht sagen lassen: Johannes, Du tust so, als gäbe es Dich nicht. Es gibt mich wirklich nicht, Anna, denn jetzt bin ich für immer in meiner Musik.

Alle weißhäutigen Schweine, glotzenden Kuhaugen, durchlöcherten Gummibälle, geschwefelten Weinfässer meiner Kindheit werde ich von nun an mit einer neuen Optik betrachten.

Anna, gab es damals Tage, die wir als gemeinsame Tage bezeichnen können?

Schülerkonzert. Stolze Eltern. Eine alleinstehende Mutter.

Deine beiden Söhne gehörten zu meinen Schülern.

4.

An diesem Abend sah ich Dich zum ersten Mal. Ich hatte versucht, mir die Mutter dieser dunkelgelockten Jungen vorzustellen. Du warst nicht faßbar, nur ein sich auflösendes Bild.

Nach dem Schülerkonzert kamst Du zu mir auf das Podium, umarmtest mich.

Ich verkrampfte mich und wurde rot.

Geraune im Publikum.

Was für Mühe Sie sich gegeben haben!

Ich lehnte diese Geste ab, hatte keine Sprache. Um das ausdrücken zu können, was in mir rebellierte, hätte ich mich ans Klavier setzen müssen.

Wir laden Sie ein, hast Du gesagt, und Deine Söhne um die Schultern gefaßt.

Ich sah Euch an, als wäret ihr Figuren aus meiner unscharfen Fantasie.

Kopfschütteln: Nein, ich kann nicht.

Und ich lief wirklich wie ein kleiner Junge davon.

Die ganze Nacht hindurch komponierte ich.

Du hast nicht locker gelassen, wurdest mir als Werbende lästig.

Wie lästig müssen Männer sein, wenn sie eine Frau umwerben?

Johannes, sagtest Du einmal: Sie verlassen einen leeren Raum und öffnen die Tür zum nächsten leeren Raum.

Lassen Sie mir meinen Frieden, Anna!

Sie sind ein friedloser Mensch, Johannes. Wie kann ich Ihnen Ihren Frieden nehmen?

Ich weiß nicht, was ich suche, Anna. Sagen Sie es mir. Ganz selbstverständlich hast Du meine Hand zwischen Deine Hände genommen, hast sie festgehalten. Ganz ruhig lagen drei Hände ineinander verschoben auf einem Holztisch neben einem weißen Aschenbecher, in dem viele ausgedrückte Zigaretten lagen.

Was spüren Sie, Johannes? Wärme, stammelte ich, Wärme.

Du nicktest: Da haben Sie die Lösung. Wärme. Wir brauchen sie alle, diese Wärme. Ich kann, ich will Ihnen das geben, was Ihnen fehlt. Sie müssen es nur annehmen, Johannes. War das die Mutter, die Frau, die Freundin in Anna?

Ich begriff nichts. Ich erfand Ausrede um Ausrede, entzog mich ihr.

Hörte ich nichts von Anna, legte ich den Zeigefinger auf die Wählscheibe, wählte nicht, sagte nur die Nummer vor mich hin, flüsterte in den leeren Raum: Tau die Frostschicht auf, Anna, tau sie auf!

Werde ich eines Tages mit meiner Musik das ausdrücken

können, was ich Dir weder verbal noch emotional sagen kann?
Meine Mutter lehrte mich nicht, mit meinen Gefühlen umzugehen. Immer betrete ich Randzonen. Verwirrfelder stürzen mich in ausweglose Situationen. In der Einsamkeit muß ich stark werden, muß sie annehmen, wie Du sie angenommen hast, ohne einsam zu sein, Anna.
Der kurze Sommer mit Anna. Etwas Unbekanntes wollte in mir aufbrechen. Gewohnt, erstickt zu werden, schüttete ich dieses Gefühl mit all dem angesammelten Schutt zu und gab mich nicht frei.

5.

Du kamst in die Schule und sagtest ganz unbefangen:
Meine Söhne und ich möchten, daß sie mit uns in den Urlaub fahren. Wir haben genug Platz im Auto. Fahren Sie mit uns?
Meine Zeitlupenreaktion.
In Deiner provozierenden Heiterkeit sah ich verborgenen Ernst und fragte nicht, was Dich im innersten erschüttern könnte, verbarg mein Flattern, klopfte unrhythmisch auf den geschlossenen Flügel im Klassenzimmer.
Meine Schüler grinsten über meine Verlegenheit.
Wir möchten bald die Antwort haben, Johannes K.
Dieser nüchtern ausgesprochene Satz setzte sich in mir fest.
Ich müsse in den Ferien arbeiten, plane lange vor. So schnell könne ich mich nicht entscheiden.
Hatte ich Dich mit Anna angeredet?
Deine Söhne: Sie kommen mit! Wir werden musizieren!
Sie können komponieren!
Ausgeworfenes Fangseil.
Mein Mißtrauen. Meine Scheu.
Die selbstbewußten Söhne und Anna, die nicht einmal fragte, ob ich eine Freundin hätte.

Meine Söhne werden Sie fragen, jeden Tag!

Abends betrank ich mich und rief an: Anna, ich bin es, Johannes. Ich komme mit. Ich ergebe mich.

Wieviel haben Sie trinken müssen?

Wie gut Du mich kennst.

Sind wir uns in einem vorherigen Leben schon einmal begegnet?

Ich fragte mich und meine Töne ab. Es kam keine Antwort, nur Nebelbilder setzten mir zu.

Dein unsichtbares Lächeln wurde zum heimlichen Wächter über mich.

Jeden Deiner Sätze legte ich überbetont aus.

Dunkles Algengrün an den Felsen.

Feuchte, weite Sandstrände.

Was wollen Sie sehen?

Die Ölteppiche der Bretagne?

Ein altes Fort?

Höhlen mit Tropfsteinglanz?

Macciabüsche?

Flitzende Eidechsen?

Welche Restaurants bevorzugen Sie?

Das einfache Haus hinter den Dünen, ein Haus wie für mich geschaffen. Ich nistete mich in dem Raum mit dem großen Flügel ein, den weißen, spinnbehangenen Wänden mit der eingemauerten Bank.

Klause.

Zelle.

Anstalt ohne Gitter.

Dünen, ein Nadelkissen aus weißem Samt.

Regenbehangener Himmel, durchhängendes Netz voll Ungeziefer. Blauer Himmel, Laken der Lust, auf das Schmetterlinge ihren Staub farbig-schillernd fallenließen.

Käfer, groß wie Urzeittiere, leisteten mir Gesellschaft. Du und Deine Söhne, Ihr habt Euch nicht um mich gekümmert, bis ich das Bedürfnis verspürte, Euch lachen zu hören, Eure hüllenlosen Leiber toben, lagern, gehen zu sehen. Spielte ich ihr vor, sagte Anna:

Sie sind überdurchschnittlich begabt, nur die Schwierigkeit, mit der eigenen Person umzugehen, hindert sie am Ausufern. Eiserne Klammern halten Sie zusammen.

Heute nacht wird nicht nur der Mond Ihnen Gesellschaft leisten. Ich werde eisige Schichten schmelzen und Ihnen auf den Grund blicken. Und dafür werde ich zahlen müssen.

Bei diesen Worten hätte ich Dich schlagen wollen. Bewußt zerstörtest Du Illusionen, stelltest Dich vor den Knaben, der gerne Mädchenkleider getragen hätte.

Ich hatte Angst, vor Anna ein Mann sein zu müssen.

Nicht sie, ich forderte mich.

Es mißlang.

Anna erkannte den Jüngling, wiegte mich ein. Ich glaubte mich geborgen wie im Stroh der Scheune. Annas Schoß wurde Zuflucht, nicht Zerreißprobe.

Am nächsten Morgen führte ich Euch zum ersten Mal meinen gedrungenen nackten Körper vor. Ihr habt mich angenommen, wie ich war. Und ich gab es auf, den Bauch einzuziehen, mich nach oben zu verbreitern, Muskeln zu zeigen.

Anna, habe ich diese Tage nur geträumt?

Weißer Sand, mit den Abdrücken Deiner kleinen Füße, den großen Deiner Söhne, meine eigenen Vertiefungen im feuchten Sand. Langsam verflachten die Spuren, wurden von den Wellen eingeebnet.

Ich, Johannes K., fühlte mich ausgelöscht und auf sonderbare Weise wieder neu entfacht. Ich war in Musik.

Anna ließ mich gewähren, wie sie jeden gewähren ließ. Ich hielt den Atem an aus Angst, jeden Augenblick könnte eine Bombe in diese Stille platzen und uns ausradieren. Ich war verloren in meiner Abwehr, meiner Vernunft, meinem Intellekt. Ich registrierte jede Bewegung, jedes Wort und sah in Deiner Spontaneität nur ein Kalkül.

Diese alleinstehende Frau mit ihren zwei Söhnen, sie spielt mit Dir Johannes K. Wirst Du zu anstrengend für Sie mit Deinem Trotz, Deinem Mißtrauen, Deiner Feigheit, dann wird sie Dich abschieben.

Nie wiederholbare Zeit - meine Narretei.

Rote, mich bewegende Sonnenuntergänge, Sonnenaufgänge. Meine Angst, im Gefühlskitsch zu ertrinken.

Annas selbstverständliches Fallen in geschaufelte Sandlöcher.

Johannes, Du verschämter Kerl, warum hältst Du die Pratzen vor den Ast Deines splitternden Baumes, den wir alle Drei besteigen werden, um die faulen Früchte abzuschütteln!

Necke ihn nicht. Sagten das die Söhne? Geh behutsam mit ihm um! Anna, er ist so jungfräulich rein wie frischgefallener Schnee.

Anna, darf ich nie mehr meinen Arm um Deine Schulter legen?

Es ist mir nie leicht gefallen, Dich schweigend an mich zu ziehen.

Erste Zärtlichkeiten lernte ich wie das Einmaleins: Sieh, das ist meine Nase!

Du führtest meine Hand über den schmalen Grat, über die dunklen Augenbrauen, an der leicht gewölbten Stirn entlang bis in die dunklen Locken hinein. Ich verfing mich für Sekunden, meine Höhle Angst entließ mich nie. Ich war an ihre Dunkelheit gewöhnt, in der meine Beklemmungen wie Ratten hausten. Ohne es zu bemerken, geriet ich aus den Fugen, ging abends in die Kneipe, trank mit den Einheimischen, die, wie ich die Arme auf den Tisch aufgestützt, vor sich hinstierten.

Kein Wort des Vorwurfs: Du wirst müde sein! Ich mache einen Tee. Dann saß ich ohne Worte neben Anna, legte meinen Kopf in ihren Schoß, und die gleichmäßigen Griffe in mein Haar schläferten mich ein.

Tote Vögel am Strand.
Verklebtes Gefieder.
Gerippe.
Griffel.
Sinnbild meiner Verwirrung.
Wir gingen essen.
Anna ist spendabel, sagten die Söhne. Wähle!
Du Gebende, spieltest den großzügigen Mann. Ich die
nehmende Frau, die das teuerste Menü bestellte.
Ihr amüsiertet Euch über meine kindliche Gier, mich ver-
wöhnen zu lassen. Und das zaghafte Weib in mir, war im
Nehmen nicht ängstlich, fing an zu horten, wie meine
Mutter.
Ich lachte mit Euch, hatte mich noch nie so frei gefühlt ...
wagte sogar die Frage: Hat Eure Mutter nur jüngere Freun-
de aus Rücksicht auf Euch?
Sie lachten, sagten: Hier zählen keine Fragen, keine Antworten. Halte Dich an die Spielregel: Leben und leben
lassen. Wir respektieren uns. Unsere Mutter nennen wir
Anna.
Wir lernen an und von ihr, wie man mit Frauen umgehen
muß, sie als selbständige Wesen betrachtet. Wir wollen
nicht so sein, wie Männer heute immer noch sind. Mit
unserem Vater zu reden, das war unmöglich. Er blockte ab:
Mit Eurer Diskutiersucht zieht Ihr die Probleme nur an! Er
war unfähig, innerfamiliäre Probleme gemeinsam mit uns
zu lösen. Wir wollen keinen Boss eingehüllt in einer Wolke
übelriechenden Parfüms.
Johannes, laß Dich warnen! Bald wird sie Dich abstoßen
wie ein lästiges Sandkorn.
Was lege ich diesen beiden Jungen alles in den Mund!
Sie deuteten nur an, bildeten mit ihren durchtrainierten
Körpern einen Schutzwall um Anna. So wie die Söhne, so
wie Anna wollte ich sein und erzählte Begebenheiten aus
meinem Dorf.

Ihr lachtet, lachtet mich aber nicht aus.

Was wollte ich mehr?

Anna und die Söhne hatten mich in ihre Gemeinschaft aufgenommen.

Dann machte ich unpassende, teure Geschenke. Bereute sofort. Rechnete auf.

Deine Söhne: Was soll das, Johannes, wir brauchen keinen Luxus. Behalte die Uhr!

Anna verteidigte mich. Aber ihr Blick sagte mir mehr: Wie schwer Du es Dir machst, Johannes, und wie leicht. Meine nie endende Scham.

6.

Deine Söhne waren eines Abends in eine Disco gegangen, hatten mich zum ersten Mal nicht aufgefordert, mitzugehen. Sie hatten Dir zugezwinkert. Ich witterte sofort eine Falle. Anna: Du kochst uns heute abend eines Deiner Gerichte? Ja, Anna, ja, ich koche für uns beide. Ich hätte das längst anbieten müssen.

Und ich kaufte ein, wollte Anna beweisen, wie gut ich kochen kann. Der Gedanke, ihr damit eine Freude zu machen, der kam mir nicht.

Es wurde ein gelungenes Mal.

Und Anna konnte genießen. Sie ließ alles auf der Zunge zergehen, lobte: Köstlich! Und das hast Du uns vorenthalten!

Wir standen in der Küche. Du hast mir nicht geholfen, nur Fragen gestellt, offen, neugierig: Hast Du noch nie wirklich geliebt?

Anna, was soll diese Frage, die ich mir weder stellen noch beantworten möchte.

Stelle sie Dir! Beantworte sie Dir!

Heute nacht wirst Du nur Dich suchen, wirst weder heute noch in den Nächten Deiner Tage die Antwort finden. Wie rohes Fleisch wirfst Du Dich zum Fraße hin. Im Wald der Frauen findest Du Dich nicht zurecht, wirst Dich solange verirren, bis Dich eines Tages eine Frau auffressen wird. Beweise Dich in Deiner Musik, nur in ihr!

Wandelbare Sätze, Anna, die mich nicht verwandeln konnten. Allein muß ich die zerschlissenen Vorhänge in mir vollends zerreißen, wegwerfen, nackt vor mir selber dastehen. Erst dann werde ich mich einer Frau nackt zeigen können, mich nicht mehr mit falschen Kleidern umhüllen.

Johannes, das Wissen in uns, daß wir nie so handeln, wie wir es müßten, zeigt, wie schwach jeder Mensch ist.

Das sagst Du, die ich Dich für stark hielt!

Dein Kinderglaube!

Schritt für Schritt drücken sich spitze Steine solange in mich ein, bis ich sie nicht mehr spüre.

Das Soufflé ist krustig, sahnig.

Genießen wir die Stunde, bauen wir keine Mauer mit Worten auf.

Die Entenbrust wäre fast angebrannt.

Ich goß Kognak hinzu.

Schlangengezisch.

Todesritual?

Anna trank nicht, sah mir zu, wie ich den Wein in mich hineinschüttete.

Worte hatte ich nicht. Ich berührte Anna mit meiner Musik. Und so wurde die Nacht am Flügel eine Nacht mit schwarzen und hellen Tieren vor weißen Wänden, Schattenspiele, filigran sich abzeichnende, sich bewegende Finger.

Ein Arm - Arme.

Ein Bein - Beine.

Ein Profil - Profile.

Ein Haar, Haare wie Wandbehänge, Fädchen im Gespinst von gegenseitigem Verschlingen zu einem dunklen Gebilde zweier Leiber, die ausfahren, einfahren, kein Seil finden, nicht anlegen können, schlingern, umfallen, untertauchen, auf Grund sinken, ohne ihn zu ertasten, liegenbleiben ... für immer?

Nie wiederholbare Nacht mit Anna.

Als Du meine Hand nahmst, lagst Du in meinen Augen: Johannes war der Lieblingsjünger von Jesus. Du möchtest so werden wie dieser Jünger, Johannes!

Die Litzen meiner Haut versteiften sich wie mit Stärke eingesprengte Wäsche.

Anna seufzte, gab auf. Anna ist keine Sandbank, auf die man auflaufen kann. Anna ist eine Frau aus Fleisch und Blut. Anna ist heiter wie die sich austeilenden Sonnenstrahlen, die jeden Fleck der Landschaft ausleuchten.

Abfragen in Stummheit. Wer fragte wen ab?

Den versagenden Mann nahmst Du mir nicht übel, sondern mein menschliches Versagen. Rolle Mann, die ich spielte, den Menschen Johannes mied.

Du hast mich getröstet. Grausam und hart wie ein Mann hättest Du zu mir sein sollen.

Unbestechliche Anna!

In meiner Musik wollte ich die Frau preisen, die fähig ist, über ihr Geschlecht hinauszuwachsen, lebte mich in der Musik aus und ließ Anna allein.

Gezirpe der Grillen. Meine Finger klebten an der Tastatur. Wie unbeholfen Du beim Anschlagen eines Liebesakkordes bist! Kalte Tasten dagegen bringen Deine Finger meisterhaft zum Klingen.

Den Mann, den Sohn wird man an die Hand nehmen und ihn durch den Garten der verletzten Empfindungen führen müssen.

V

Er sitzt an der Ecke des langen Holztisches. Seine angewinkelten Arme wirken breit und von ausdauernder Behäbigkeit.

Mutter

1.

Wellenschlag am Strand. Heranwehender Gesang.
Anna und ihre beiden Söhne werden flimmernde Lichtpunkte, die sich verflüchtigen, sich auflösen.
Sentimentale Zuneigung - echte Zuneigung im blendenden Sonnenlicht.
Johannes gräbt sich in Sand ein, denkt an Anna, an die Mutter, glaubt, in ihrer Höhle zu liegen, fühlt sich wie ein zum Schlachten bereites Schwein, schwitzt in den Sand hinein, sieht das in den Himmel projizierte, überdimensionale Bild der Mutter abbrennen.
Sie entläßt mich nicht, legt geschickt die Nabelschnur um meinen kurzen Hals.
Das rote Mal schwillt an, denke ich an die Mutter, besuche ich die Mutter.
Ich blicke meiner Mutter auf den Mund, sehe eine Zunge zwischen rissigen Lippen.
Kam der Metzger ins Haus, beladen mit dem Schlachtwerkzeug, packte er die quiekenden Ferkel und Schweine, betäubte er sie und stach sie ab, dann kräuselten sich Mutters Lippen, kräuselten sich wie die knusprig gebackene Schwarte der Haxe.
Vater und Mutter schwiegen bei Tisch. In ihren Händen das tropfende Fleisch. Rhythmisches Schmatzen. Saftinseln

90

auf dem brüchigen Wachstuch. Das Kind, im Furchtgewand, rennt aus der Küche, läßt den Magen knurren, sucht Zuflucht in der Scheune, verbirgt sein Schluchzen, seine Betroffenheit.

Achselzucken der Mutter. Sie kaute in hektischer Wortuntermalung: Dein Sohn ist eine Memme. Er hat das Ferkel geliebt. Nun ekelt er sich, verhungert lieber, anstatt davon zu essen. Er ist butterweich. Kein Sohn, nur eine falsche Tochter. Er bringt mich zur Weißglut!

Der Vater nagte weiter an dem Knochen, sagte nicht: Dich bringt alles zur Weißglut. Er sah in die sich bildende weiße Talgschicht der kaltgewordenen Suppe und versuchte, sich mit einer Mauer von Schweigen abzusetzen. Damals wußte ich es schon: Der Vater wollte seinen Frieden und war voller Verständnis für mich. Er paßte sich an, während die Mutter glaubte, sich ihm angepaßt zu haben. Bäumchen-verwechsele-Dich-Spiel ohne gegenseitiges Abfragen. Wie bei vielen Ehepaaren im Dorf zählten einzelne Fragen nicht, sie fielen unter den Wirtshaustisch, unter den Küchentisch.

2.

Mutter, ich folgte Dir als Kind in den Garten, suchte Deine Hand wie einen seltenen Vogel, den ich nicht fassen konnte, denn Deine Hand konnte sich nicht aufschwingen. Erdige Hände stecktest Du unter Deine gestärkte Schürze, wärmtest Deinen Leib. Den sich krümmenden Zwerg neben Dir nahmst Du nicht wahr, wolltest den Garten umgraben, jeden unnützen Halm einzeln herausziehen. Meine kleine hochgestreckte Hand ließ ich fallen. Du beugtest Dich den Blumen entgegen, nahmst eine Raupe von einem Kohlkopf, sie bog sich zwischen Deinen Fingern. Du ließest das pelzfarbene weiche Etwas fallen. Ich zertrat es mit kleinen, festen Schuhen und kaute an meinen Fingerkuppen.

Der Garten war mir kein Spielfeld. Den hattest Du für Dich

beansprucht. Der Garten hörte Deine gemurmelten Klagen. Deinen Widerwillen sättigte er mit Bienengesumm und Stille. Deine Lippen bewegten sich ständig. Ich sah metallene Kugeln aus Deinem Mund fallen.

Du hattest kein Mädchen geboren. Mein Bemühen, ein Mädchen zu sein, hast Du nie deuten können.

Wie alt warst Du, als Du Dich auf eine Tochter versteift hattest? Und diese Versteifung ist niemals von Dir abgefallen.

Nur manchmal Dein helles Lachen, Dein ungezügeltes Temperament, das zu schnell in tösendes Gekeife umschlug, das Vater immer zu besänftigten versuchte, und er den Friedensengel spielte.

Waren Nachbarn zu Besuch, lobte er Deine Arbeit: Was sie alles eingekocht hat: Kirschen, Aprikosen, Pflaumen. Der Keller ist voller Gläser. Sollte wieder ein Krieg ausbrechen, werden wir nicht hungern. Nur, diesen Krieg wird keiner überleben. Zu dem hinkenden Arthur sagte er: Weißt Du, sie ist unausgefüllt trotz der vielen Arbeit. Sie ist keine Frau für ein Dorf. Und ich verstehe nicht, mit ihr umzugehen.

Dann glaubte er, schon zu viel gesagt zu haben und ging in den Keller, holte den besten Wein herauf, teilte aus, war bekannt für seine großzügige Gastfreundschaft.

Er lebte auf im Kreis der Besucher, verkroch sich sofort, spürte er den vorwurfsvollen, messerscharfen Blick der Mutter, hüllte sich in Tabakrauch ein, ließ die anderen reden.

Waren sie weg, hieß es: Sie kommen nur, wenn Du zu Hause bist. Sie nutzen Dich aus. Bei mir bekommen sie nichts. Das wissen sie und meiden mich, nennen mich die Städterin, die etwas Besseres sein will.

Mutters sprichwörtlicher Geiz. Sie hortete alles. Manchmal sah ich sie in all diesem Ramsch ersticken, tanzte um sie herum und sang: Es tanzt ein Bibabutzemann in diesem Kreis herum ... Ich hatte mir abgelegte Kleider der Mutter

92

angezogen, spielte sie nach, hörte sie flüstern: Töchterchen, mein Töchterchen ...

Wenn sie die Arme nach mir ausstreckte, ich den Versuch machte, in diese Arme hineinzulaufen, hörte, spürte ich: Dieser unerwünschte Sohn ...

Eine eiskalte Kröte steigt in mir hoch, rutscht an meinem Panzer ab, klettert wieder hoch, erdrückt mich. Ich reiße das Fenster auf, der obere Kragenknopf kullert zu Boden. Mutter sieht mir zu, ist eingefangen in der Vorstellung, eine Versagerin zu sein.

3.

Mutter lockert den Komposthaufen, sieht mit glänzenden Augen Dampf aufsteigen. Ich strecke ihr einen polierten roten Apfel entgegen:

Iß ihn selber! Sie schüttet welke Blätter auf den Kompost. Nach dem Selbstmord des Vaters hörte ich ihr monotones Geleier: Ich muß weggehen! Ich muß neu anfangen! Weshalb die trauernde Witwe spielen? Ich trauere nicht. Wie werde ich den Sohn los? Ich will kein männliches Wesen mehr um mich haben. Ich will alleine sein.

Das enge Haus, die nach Putzmitteln riechende Glätte, auf der sie nicht ausrutscht, an der sie kleben bleibt. Sie hatte sich abgefunden, wagte den Ausbruch nicht mehr. Ich sehe sie, ihren Kopf mit dem Ansatz von Grau im rotbraunen Haar in einen Rosenstrauch stecken, sich anschmiegen.

Dann lag der Schäferhund Rigo in Vaters Bett, und es kümmerte sie nicht mehr, daß der Kater Jago neben mir schlief, mir die Nächte melodisch und weich machte.

Weshalb ist Mutter nicht vor Vater gestorben? Mutter hätte ich gerne hängen sehen. Ich hätte an der gestärkten Schürze gezogen, ihr kaltes Fleisch hätte ich nicht angerührt, hatte sie mir doch ihr warmes Fleisch verweigert. Baumelnde Puppe Mutter. Vogelscheuche.

Du verscheuchst mich nicht!
Pflichtbesuche. Es gibt keine Annäherung.

4.

Vater im verschnörkelten Rahmen auf dem blankpolierten
Büfett, ist immer gegenwärtig. Komme ich seinetwegen?
Will ich sein Schweigen begreifen lernen? Will ich dem
nachspüren, was eine Familie war?
Dein Vater war scheu, er wußte nicht um mein Begehren,
und ich nahm mir nicht das Recht, meine Wünsche zu
äußern. Wir Frauen hatten zu warten. Deine Rosalinde hat
es besser. Wenn sie darüber spricht, ist es mir peinlich ...
und Mutter rückt Teller und Tassen zurecht ... Röte steigt in
unsere Gesichter.
Seit ich Rosalinde mitbringe, lebt Mutter auf. Rosalinde
und Mutter kichern zusammen, machen sich über mich
lustig. Mir wird die Gänsehaut nicht mehr abhanden kommen. Verbündete, die auf mich eindreschen, mich links
liegenlassen. Die Haut des Vaters stülpe ich mir über, gehe
an das alte Klavier, hole die alten Kalendertage hervor,
blättere sie durch und versuche, die beiden Frauen zu
vergessen, bis sie mich aufstören: Der Zwiebelkuchen ist
gar! Der neue Wein bitzelt! Stelle das Geklimper ab! Iß mit
uns! Laß Dich von uns verschlingen!
Ich mag Deine Mutter, sagt Rosalinde, und verteidigt sie:
Was hatten die Frauen denn früher für Möglichkeiten,
Deine Urgroßmutter, Deine Großmutter, Deine Mutter hier
auf dem Lande? Keine wollte sitzenbleiben und heiratete
irgendeinen Mann. Ihre geträumten Illusionen begrub Deine Mutter schon bald nach der Hochzeitsnacht. Mir hat sie
es erzählt, wie Du entstanden bist ...
Ich sehe Rosalinde, ich sehe meine Mutter an. Meine Hände
fangen an zu zittern. Hätte ich ein Messer, würde ich auf
beide einstechen.

Wie ihr heute redet, sagt Mutter zu Rosalinde. Ich habe herumgeschrieen und wußte nicht, was mir fehlte. Aber ihr jungen Frauen sagt, was ihr wollt. Ihn verstand ich nicht. Er schlug mich nie. Versuchte er, mir über den Arm zu streichen, zuckte ich zurück, zog den Arm weg, war es nicht gewohnt, gestreichelt zu werden, faßte selber niemanden an. Im Garten sehnte ich mich und rieb meinen Arm an weichen Rosenblättern, an zarten Knospen. Unwissenheit! Rosalinde, Du wirst es nicht leicht haben mit Johannes, aber Du wirst selbstbewußt seine steifen Hände nehmen und sie über Deinen Körper führen ...

5.

Schon als Kind lag er wie ein platter Käfer in seinem Bett, drehte sich nicht zur Seite, war unsichtbar für mich. Der Vater war ihm Vorbild. Beide mauerten sich in Musik ein. An diese Mauer habe ich nie gepocht. Ich war immer zu stolz. Erbarmen habe ich wohl am wenigsten mit mir selber gehabt in all den Jahren. Rosalinde, ich beneide Dich - und sie sagt nicht: um diesen Sohn - sie sagt: Du wirst Deinen Weg gehen, mit oder ohne Johannes. Du nimmst Dir das, was Du willst und legst die Männer ab wie alte Kleider, begräbst sie, wendest Dich dem nächsten Abschnitt Deines Lebens zu, fängst neu an, trägst kein schwarzes Kleid.
Mutter geht mit Rosalinde in die Stadt, kommt in modisches Zeug gekleidet zurück, setzt sich dem Gelächter der Frauen im Dorf aus. Mutter äfft Rosalinde nach. Aber sie kann die verlorenen Jahre nicht nachholen.
Die Männer rissen sie fort, kamen sie dazu, wenn sie mich verprügelte, nannten sie Furie. Dann erschrak sie über sich selbst, fiel in sich zusammen, schluchzte. Ich stand neben Dir, Mutter, wie erstarrt, wäre gern in Deinen Schoß gerannt, hätte Dich getröstet, gestreichelt. Mir lief nur grünlicher Rotz aus der Nase, Wasser aus den Augen. Den körper-

lichen Schmerz fühlte ich nicht. Ich schämte mich für Dein Versagen, klein und erbärmlich dazuhocken und zu weinen. Spürte ich die Not in Deiner Härte, die Abwehr aus Angst? Mutter, was hast Du aus mir gemacht? Was mache ich selbst aus mir?

6.

Anna würde sagen: Schieb Dein Versagen nicht der Mutter in die Schuhe. Du hast es besser als sie. Du hast Deine Musik!
Mutter, ich sehe Dich Deine Binden einweichen. Rotes Wasser. Blutender Leib.
Blut an den Händen, wenn Du die Kaninchen geschlachtet hast. Mutter, Du alle vier Wochen mit dem Geruch süßer Fäulnis. Jetzt stößt mich Rosalinde in ihr Geschling.
Es würgt mich.
Es erstickt mich.
Weiberzungen lecken mich auf. Kein Krümelchen würde von mir übrigbleiben, ginge ich nicht in die Anstalt.
Johannes bewundert die Stärke der Frauen.
Johannes liebt die Frauen.
Und sein Haß glüht wie Eisen im Brennofen.
Mutter, schreit er, Mutter, stirb nicht wie Vater!
Deine Herumraserei im leeren Haus.
Deine neumodische Verkleidung.
Deine Hysterie.
Meine eiserne Zunge, die unbeweglich bleibt, nicht sagen kann: Zieh zu uns! Würdest Du kommen?
Ich wäre dann nicht mehr da. Rosalinde und Du, ihr wäret ein einmaliges Gespann, würdet Eure Erfahrungen galoppieren lassen. Schwarze Pferde auf weißen Wiesen. Doch Du wirst es nicht mehr schaffen, es der Jüngeren gleichzutun. Du bist zu alt, Mutter. Deine Partie als Frau ist ausgespielt. Dein Los ist nicht einmalig.

Dein gebeugter Gang!
Deine grauen Haare!
Kraterschlünde in verhärteten Zügen!
Geh in die Friedensbewegung, umarme die, die den Frieden
erhalten wollen.
Hast Du Vater einmal sanft umfangen? Hast Du einmal
Deinen Sohn innig an Dich gedrückt?
Vater war Dir hörig.
Ich war Dir hörig.
Rosalinde ist Dein Ebenbild in verjüngter Form.
Hat meine Revolte zu spät eingesetzt?
Nein, nie ist etwas zu spät, Mutter, nie!
Meine Revolte wird eine gerechte Revolte sein. Endlich
glaube ich an den großen Musiker in mir.
Du und Rosalinde, ihr könnt Eure Netze einziehen. Ich
werde Euch entschlüpfen, für immer.
Wiege mich nur einmal, Mutter!
Als Erwachsener werde ich erwachen.
Und Schuld will ich tragen ...

VI

Er sitzt an der Ecke des langen Holztisches. Seine angewin-
kelten Arme wirken breit und von ausdauernder Behäbig-
keit.

Johannes

1.

In der Anstalt würde ihn keine Frau mehr fordern, ihn
vereinnahmen. Er würde auf keiner Frau mehr liegen, sie
befriedigen müssen.
Aufkeimendes Mitgefühl für die Frau von einst, die Großmutter, die Mutter. Ließen sie nicht folgsam ihre Männer
über sich ergehen? Ertrugen Sie nicht freudlos harte Äste
zwischen ihren Schenkeln? Waren der Großvater, der Vater
auch so müde gewesen wie er?
Herr Chefarzt, weisen Sie alle Besuche ab. Meine Frau hat
drei Männer sterben sehen. Sie haßt Kranke. Befreien Sie
Rosalinde von lästigen Pflichtbesuchen!
Wie durch ein Weitwinkelobjektiv sieht er das schmale
Zimmer sich ausdehnen, die Tasten des Klavieres zu Rund-
bögen ausufern.
Es riecht nach Lysoform.
Die Sterilität stört ihn nicht, auch nicht die Gitter vor dem
Fenster.
Auf Komfort kann er verzichten. Er braucht nur ein Kla-
vier, einen Tisch, einen Stuhl, ein Bett. Kein gekreuzigter
Jesus soll die unbefleckten Wände schmücken. Noten sol-
len auf weißen Wänden tanzen.
Wie kann ich mich wehren, wenn sie mich stillegen wollen?
Jeden Morgen wird mir die Schwester rosa, gelbe, hellblaue

98

Kügelchen bringen, mich anlächeln, mir ein Glas Wasser reichen: Schlucken Sie, Johannes K! Nachspülen! Ihre kleine Frau soll Sie doch bald wieder abholen!

Nein! Nein!

Ich will weder Pillen, noch will ich zu meiner Frau. Ich will meine Ruhe ... nur meine Ruhe!

Die Schwester verläßt ratlos das Zimmer.

Der Herr Chefarzt kommt an sein Bett, strahlt die Ruhe des Allwissenden aus, steckt die Hände in die Taschen seines gesteiften weißen Kittels.

Johannes K., Sie wollen uns also als Mäzene benutzen, wollen bei uns in Klausur gehen! Bewundernswert, wie sie es mit bäuerlicher Schläue geschafft haben, sich hier einweisen zu lassen. Und Sie wollen ein genialer Musiker sein?

Herr Doktor, keine Provokation, bitte!

Johannes K., wissen Sie eigentlich, wieviele Patienten uns zuwispern: Ich bin Einstein, ich bin Napoleon, ich bin Beethoven?

Sie haben das anders formuliert. Wie soll ich Sie behandeln?

Ich will nur mein Klavier und Ruhe für meine Arbeit.

Wir sind aber keine Bewahranstalt. Und ein Klavier im Zimmer! Sie würden Lärm machen und die anderen Patienten stören.

Und Fernsehapparate sind erlaubt. Machen die keinen Lärm? Die Verhinderungen setzen mir zu! Meine Frau frißt mich auf! Ich bin ein behinderter Musiker geworden, der ...

Jammern Sie nicht! Ich überlege, wie ich die Diagnose formulieren soll.

Mich interessiert ihre Diagnose nicht, Herr Doktor. Ich weiß, was mir fehlt: Ruhe, damit ich mit meiner Musik endlich dorthin komme, wo ich mich weder selbst zerstören, noch von Frauen zerstört werden kann. Eine unendliche Geschichte werde ich in Musik verwandeln. Und alle,

die zu hören verstehen, werden mir folgen durch Geröll-
und Felsspalten, bis wir das Glitzern in den Tropfsteinhöh-
len erblicken, weitergehen durch glühendes Gold, über
Schlammlöcher bis an den klaren Quell, wo wir lachend
eintauchen, uns erfrischen und wieder zu spielenden Kindern werden.
Sie bekommen Ihr Klavier. Machen Sie Ihre Musik. Nur für
Ihren Aufenthalt muß ich stichhaltige Gründe finden.
Johannes rutscht auf seinem Stuhl wie ein Kleinkind herum, das nicht auf den Topf darf.

2.

Seine Fantasie läßt ihn euphorisch ausrufen: Beginnen Sie
doch eine Scheinbehandlung! Verabreichen Sie mir rosa-
farbene oder gelbe Pillen. Nur kontrollieren Sie nicht, ob
ich sie schlucke. Sie werden mich funktionstüchtig für
meine Musik, für ein Leben draußen machen. Die Anstalt,
Herr Doktor, Ihre Anstalt ist meine letzte Zuflucht.
Wie jetzt, vor dem Klavier, wird er seine Hände ganz ruhig
auflegen. Der Arzt wird hinschauen, wird ihm Bewegung
für die Finger verschreiben.
Johannes umklammert mit dem nackten Fuß die kalte,
leblose Pedale. Seine Hände entlocken dem Klavier keinen
einzigen Ton.

VII

Er sitzt an der Ecke des langen Holztisches. Seine angewin-
kelten Arme wirken breit und von ausdauernder Behäbig-
keit.

Rosalinde

1.

Wo ist der Spiegel?
Ich sehe hilflos aus! Stürzen sich deshalb die Frauen auf
mich, um ihren alles verzehrenden Mutterinstinkt zu befriedigen? Rosalinde hatte mich wissend angesehen, die Lippen zu einer fischmäuligen Schnapp-zu-Öffnung geformt:
Du wirst Dich in mir verfangen! Bei Dir funktionieren die
alten Mechanismen anlocken, aufreizen, anhimmeln, be-
klatschen.
Ich nickte und ergab mich jungfräulich, während mein
Kopf mir alle Gefahren ankündigte: Sei auf der Hut! Sie
wird die Maschen Deiner Haut geschickt zuschnüren, fester, immer fester.
Wir liefen kreuz und quer durch die schillernden Lichter
des Jahrmarktes, schaukelten in den Himmel, kreischten
beim Aufprall auf die Erde, hielten uns krampfhaft an den
Händen fest, bildeten uns ein, unsere Empfindungen wären
die gleichen.
Ich kaufte ein Lebkuchenherz mit bunten Liebesperlen. Wir
bissen hemmungslos in den nachgebenden Teig wie in
unsere aufweichenden Leiber.
Ich bin high, ich bin high, hatte Rosalinde geseufzt.
Und ich stürzte in Rosalindes Leidenschaft ungeübt stol-
pernd hinein, wollte nicht denken, endlich fühlen, wollte im
Feuer verbrennen.

Ihm war speiübel geworden. Er mußte sich übergeben.

Rosalinde hatte gelacht: Du mußt noch viel lernen. Ich werde Dir alles beibringen, was Du versäumt hast.

Vier Männer hatten Rosalinde an das Grab ihres letzten Mannes begleitet, darunter auch Hans, der auf sie scharf war. Aber mich erwählte sie. Alle Härchen meiner Haut standen gleich einer Herbstzeitlosen aufrecht, neigten sich ihr zu. Ich bebte vor Angst, vor Begehren, vor ...

Rosalindes Sicherheit, ihr lautes Lachen. War ich die Frau, sie der Mann? Meine ungeschickten Sprünge mit ihr über Tannenzapfen, Fuchshöhlen, Filzsporen, durch zerreißende Spinnennetze, über Farnkraut und violette Fingerhüte. Der Tau ihrer giftigen Dolden wurde zum Liebestrank, den wir stundenlang schlürften.

Rosalinde drehte sich auf die Seite, schlief sofort ein, vergaß mich.

Und ich hinkte mit Einschnitten in meinem Fleisch den Träumen hinterher. Sie verhinderten meinen Gesang, wurden nicht zu Musik.

Wir flüchteten in die schwarze Messe der Nächte, und die hohen Bäume standen Spalier. Erst fielen grüne, später braune Nadeln auf uns herab. Ich begann, mich mit den kahlen Bäumen zu identifizieren.

Meinen zaghaften Versuch, Dir meine Ängste zu schildern, wischtest Du vom Tisch: Deine eingebildeten Ängste sind Hirngespinste. Ich lasse Dich nicht darben. Ich wickle Dich in meinen Pelz, Johannes! Du gehörst mir bis an Dein Ende, mein kleiner Komponist, mein Besitz, mein Vermögen.

Rosalinde hatte sich feingemacht: Wir wollen essen gehen, erhebe Dich von Deinem Stuhl, wachse nicht fest!

Johannes erwacht aus seinem Trancezustand: Sie holt mich auf die Erde zurück. Sie liebt die Erde.

Rosalinde, Du Gierige, Du Verführerische.

2.

Mein Weib lacht, hat kein Schuldgefühl, den Schöpfer von seinem Werk abzuhalten. Rosalinde klatscht in die fleischigen Hände: Weg mit den Schuldgefühlen! Die schaden meinem Teint. Ich will attraktiv bleiben für Dich, für alle Männer. An den Gräbern meiner drei Männer habe ich keine einzige Träne herausgepreßt. Ich habe mich über das offene Grab gebeugt und laut gesagt: Triumphieren wir über den Tod, feiern wir auf den Friedhöfen jeden Sonntag festliche Gelage und tanzen einen Tango.

Du wirst eines Tages sterben, Johannes. Deine leise Musik wirst Du nicht mehr hören, nicht wissen, ob sie angenommen wird. Spiele mit mir, Deiner Geliebten! Noch leben wir!

Rosalinde kaut ständig, kaut Vollmilchschokolade, kaut zuckersüßen Kuchen aus dem Orient. Kauend läßt sie Schmeicheleien aus ihrem Munde rinnen, will sie eine goldene Kette, einen neuen Pelz.

Mein Weib! Keine soll nach Dir mein Rüsseltier an ihren Pelz kuscheln. Dein Leib soll zum Kindsballon werden, in den Tiefflieger hineinstechen. Er platzt, und viele Embryos fallen wie zarte, verschrumpelte Engel auf die verseuchte Erde.

Ich werde Engelsmusik komponieren ...

Um meiner Musik willen, Rosalinde, gib mich frei! Du darfst mir unersetzbare Zeit nicht rauben, mich nicht abbrennen wie ein abgeerntetes Kartoffelfeld. Von meinen Tönen will ich mich davontragen lassen, nicht von einer Frau. Nur meine Töne dürfen mich vergewaltigen, mich besitzen.

VIII

Er sitzt an der Ecke des langen Holztisches. Seine angewin-
kelten Arme wirken breit und von ausdauernder Behäbig-
keit.

Johannes

1.

Johannes preßt die linke Hand an seine Brust, fühlt einen
stechenden Schmerz durch seinen Körper jagen, vom Herz
bis in die Fingerspitzen. Ich werde versuchen, aus der
Tragödie eine Komödie zu machen.
Er beginnt zu singen, singt gegen den Schmerz an. Und
langsam löst sich das Ziehen auf. Seine steifen Hände
krümmen sich zu kleinen Maulwürfen, drücken die Kla-
viertasten, wüten, werden bewegliche Schmetterlinge, stei-
gen hoch, überschlagen sich. Im letzten Akkord des Som-
mers hört er den Glockenton weihnachtlicher Stimmung.
Stundenlang hatte er vor den Krippenfiguren aus Ton ge-
standen, jede einzelne Figur in die Hand genommen, sie
betastet, den Heiligenschein des Jesuskindes vergeblich
gesucht. Er hatte das Kind zärtlich zur Jungfrau Maria ins
Stroh zurückgelegt, sie mit seiner Mutter verglichen und
keine Ähnlichkeit feststellen können, sich vom Stern von
Bethlehem geblendet gefühlt und einsam vor den sich
anschweigenden Eltern verharrt.
Den wirklich Hörenden wird er das schenken, was er keiner
Frau zu schenken vermag, was er nie besessen hat: sich
selbst.
Er sieht Rosalinde wie ein erwachender Knabe an, der
weiß, was er will. Die Scheinrolle Mann ist ausgespielt. Er
lächelt sich zu, hat sich zum ersten Mal angelächelt.

»Morgen werde ich den Arzt aufsuchen. Er wird mir die Tür der Anstalt öffnen. Und ich werde eintreten ...«

Er sitzt an der Ecke des langen Holztisches. Seine angewin-kelten Arme wirken breit und von ausdauernder Behäbig-keit.